相棒

SEASON 8㊤

EPISODE. 01

EPISODE. 02

EPISODE. 04

郵便局

相棒 season 8　上

輿水泰弘ほか／ノベライズ・碇　卯人

朝日文庫

本書は二〇〇九年十月十四日～二〇一〇年三月十日にテレビ朝日系列で放送された「相棒　シーズン8」の第一話～第六話の脚本をもとに全六話に構成して小説化したものです。小説化にあたり、変更がありますことをご了承ください。

相棒 season 8 上 目次

装丁・口絵・章扉／IXNO image LABORATORY

杉下右京　警視庁特命係長。警部。
神戸尊　警視庁特命係。警部補。
宮部たまき　小料理屋〈花の里〉女将。右京の別れた妻。
伊丹憲一　警視庁刑事部捜査一課。巡査部長。
三浦信輔　警視庁刑事部捜査一課。巡査部長。
芹沢慶二　警視庁刑事部捜査一課。巡査。
角田六郎　警視庁組織犯罪対策部組織犯罪対策五課長。警視。
米沢守　警視庁刑事部鑑識課。巡査部長。
内村完爾　警視庁刑事部長。警視長。
中園照生　警視庁刑事部参事官。警視正。
小野田公顕　警察庁官房室長（通称「官房長」）。警視監。

相棒

season
8上

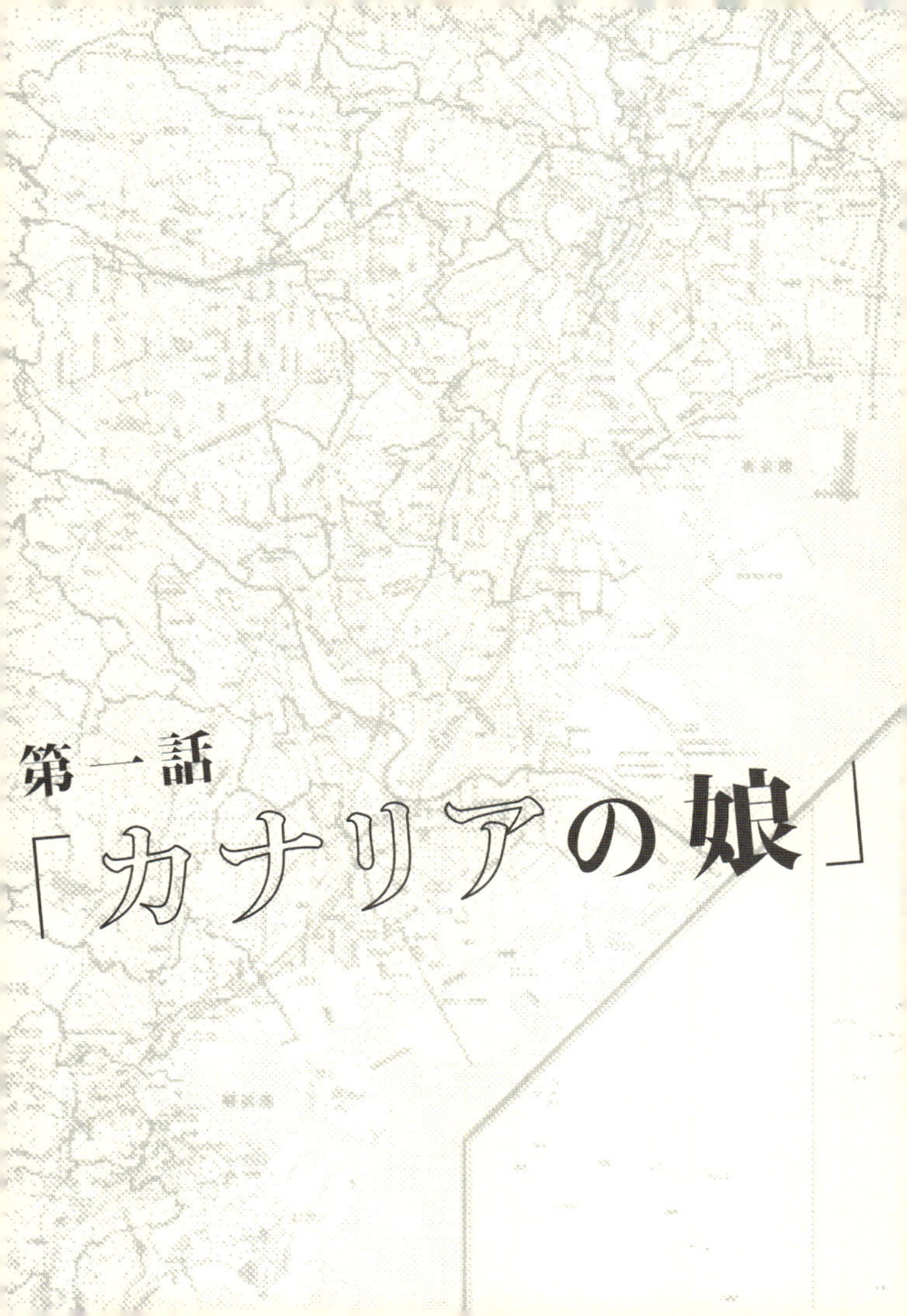

第一話

「カナリアの娘」

一

太陽の照り返しが眩しい成田空港の滑走路に、満員の乗客を乗せたロンドンからの直行便が着陸体勢に入った。ぐっと高度を落とし着陸ラインに近づいて、機体が地面と平行になると、滑走路脇の芝生が風圧でなびく。やがて客席にガクッと振動が伝わり轟音が起こった。主翼にスポイラーが立ち上がってブレーキが急激に速度を抑えると、たちまち機内が穏やかになった。

「ベルト着用サインが消えるまで、お座りのままお待ちください」機内アナウンスにもかかわらず、乗客はがさごそと動き出す。

そのなかに、飛行中も着陸時も、そしていまも変わらぬ姿勢で一心不乱に読書をしている男の姿があった。メタルフレームのメガネにオールバック、小柄な体をビシッと英国調のスーツで固めたその男は、荷物を取ろうと立ち上がった隣の女性の体が肩先に触れ、それで初めて着陸に気付いたというように、はっと活字から眼を上げ、本にしおりを挟んで周囲を見回した。警視庁特命係の警部、杉下右京であった。

「あっ、右京さん、右京さん！」

到着ゲートをくぐると、和服姿の女性が背伸びをしてしきりに手を振っている。それを見て右京の口元が思わず緩んだ。

「おかえりなさい。お疲れになったでしょう?」

満面の笑みで迎えたのは、かつては右京と夫と妻の関係にあった女性、宮部たまきだった。

「十二時間近いフライトですからねえ、多少は」

久方ぶりに顔を合わせたにもかかわらず、馴染んだ感じで肩を並べ歩き出した右京とたまきの前に、ひとりの男がスッと進み出る。

「おかえりなさい」

細身のダークスーツにグレーのシャツ。お洒落には人一倍気を遣っていそうなこの男は、警視庁特命係での右京の新しい相棒、神戸尊《かんべたける》だった。

「ただいま。どうしてきみが?」

不審、というよりはむしろ不愉快といっていい口調で右京が訊ねた。

「お迎えにあがったつもりでしたが、どうやらお邪魔でしたね」

意味深な笑みを浮かべて尊がたまきを見遣った。

「ああ、初めてでしたね。神戸君です」

遅ればせながら右京がふたりを引き合わせる。

「お噂はかねがね。宮部と申します」

小首を傾げて笑顔で挨拶するたまきの前に、神戸はさっと右手を差し出した。

「神戸です。よろしくどうぞ」

気障《きざ》な態度にどぎまぎして、たまきが照れながら右手を出す。一方の右京は、尊の馴れ馴れしい挙動にますます不愉快な表情を募らせた。

空港の駐車場まで来ると、尊はふたりを振り返り、「ぼくの車は向こうなので。ここで失礼します。では気をつけて」と一礼した。

これでようやく厄介払いができる、と右京がほくそ笑んだのも束の間、たまきが意外なせりふを吐いた。

「右京さん。向こうへ」怪訝な顔をした右京に、たまきが重ねる。「わたしはひとりで帰れますから、右京さんは神戸さんの車へどうぞ」

「それでは筋が通りません。あなたにはわざわざ迎えに来てもらったのですから」

右京らしい〈筋論〉で抗弁を試みるが、たまきも譲らない。

「とてもいい方じゃないですか。頼まれもしないのに、わざわざ迎えに来てくださって。仲良くしないと。これからずっと一緒なんでしょ?」

「仲良くするとかしないとか、そういう問題ではないと思いますがねえ」

「はいはい、とにかく右京さんはあちらへ」

にっこり笑って手を振るたまきを恨めしそうな目で見る右京には、どうやら彼女の〈思いやり〉は通じていないようだった。

愛車である黒のスカイラインGT－Rを軽快に発進させた尊は、別れたばかりの上司が車に向かって歩いてくるのを見て急ブレーキを踏んだ。

「諸々の事情でこちらに乗せていただくことになりました」

憮然とした顔の右京は、事情を訊ねようとする尊を遮って、「よろしいですか？」と許可を請いながら、返事も待たずに助手席に乗り込んだ。

そのほんのわずか前のこと。同じく成田空港の駐車場に停めてある白い乗用車に、黒いサングラスをかけた初老の男が乗り込んだ。髪にも無精髭にも白いものが混じっている。歳はそれなりにとっているだろうが、半分以下の年齢の若造とサシで勝負しても難なく倒すことができそうだ。それほどの精悍な体つきと、何よりも得体のしれない殺気のようなものが全身に漲《みなぎ》っている。男はジャケットの内ポケットから皺くちゃの封筒を摑み、そこから車のキーを取り出して解錠した。そしてゆっくりとした動作で運転席に座ると、グローブボックスを開けてなかに入っている運転免許証を手にした。

《今宮幸夫《いまみやゆきお》　昭和29年6月27日生》

住所は練馬区。顔写真は間違いなく自分のものだ。それを確かめると男はイグニッシヨンキーを回してエンジンをかけ、ゆっくりと車を発進させた。

その白い乗用車は都心に向かう東関東自動車道に入って間もなく、白バイに捕まって路肩に寄せられる破目となった。

高々にサイレンを鳴らした白バイに拡声器で忠告を受け、乱暴にあおられたサングラスの男は、大きな溜め息をついてそれに従った。

「メガネ、取りなさい」

白バイから降りた若い警官はウィンドーを開けさせるなり威圧的な態度をとった。

「何かね？」

男はサングラスを外し、面倒臭そうに顔を顰《しか》めた。

「免許証」

請われるままに男がグローブボックスから出した免許証を、警官はひったくった。そしてそれを矯《た》めつ眇《すが》めつ眺めると、「よく出来てるなあ」と間の抜けた声を上げ、続けて「偽造だろ、これ」と不敵な笑みを浮かべた。男のこめかみがピクリと動き、刺すような視線で警官を見上げた。

「まあ、よく出来てんのは当たり前。だって俺が作ったんだから」

警官はヘルメットのシールドを上げながら、あらぬことを口走った。

「きみも仲間か」

眉間に皺を寄せた男は諦めたように吐き捨てる。

「脇田です」そう名乗ると警官はいきなり態度をくずし、おどけた口調になった。「ワッキーって呼んで。ハハハハッ！　なんちって」。そしてポケットから携帯電話を摑んで「これさあ、今後の連絡用ね」と男に差し出した。男が手を伸ばすと焦らすように携帯を引っ込め、「あ、これ見る？　気になってると思ってさ」。警官はディスプレイに動画画面を出して見せびらかすように男に突きつけた。

そこはどうやら役所らしく、黒いスーツを着た若い女性職員がカウンターで接客をしている姿が映し出されていた。近くから隠し撮りをしているようで、その職員はカメラの存在に気がついていない。

「ご覧のとおり、娘さん、無事だよ。俺たちは誘拐したり監禁したりなんて不細工な真似しないからね」

軽口を叩くごとく言う警官を、男はグッと睨みつけた。

「それじゃ、安全運転よろしく」

脇田と名乗った偽警官は、見せかけの敬礼をして白バイに跨《また》がり、去っていった。

その偽の白バイ警官は、細かいことが異様に気になる警視庁特命係の警部によって、目をつけられる破目になった。

「ここはまだ千葉県ですねえ」高速を快調に飛ばしているＧＴ－Ｒの助手席で、右京は世間話をするような口調で呟いた。ハンドルを握りながら曖昧な相づちを打つ尊に、右京は続ける。「しかし、今の白バイは警視庁のようでした」

「えっ？」

「警視庁の警察官が他県で取り締まりをするはずはありませんね」

そこでようやく右京の呟きの意味を摑んだ尊だったが、そんなたまたま一瞬だけ垣間見た白バイを、まさか本気で追跡することになろうとは思いもしなかった。

白バイを追い越した少し先で、尊は路肩に寄せてＧＴ－Ｒを停めた。

「気になるじゃありませんか」まるで他人事《ひとごと》のように言う右京に、「まあ、結果的によかったか」と溜め息交じりに尊は独りごちる。「右京さんがこっちに乗って。だってこんなことに別れた奥さんを巻き込めないでしょ?」うんざり顔の右京に、尊は畳みかけた。「別れた奥さんと友達付き合いするって、どんな気分ですか?」

「来ました」バックミラーを見つめていた右京は、尊の言葉を無視して言った。

「たしかに警視庁の白バイですね」追い越していくバイクを目視した尊が、すばやくギアを入れてアクセルを踏む。「ナンバー、控えてください。あとで照会しましょう」白バイの後を巧みにつけながら尊が言った。

「ナンバーはもう覚えました」

「覚えた？　両手が空いてるのにメモは取らないんだ」呆れた声で呟いた尊は、右京に見返され、「いえ、羨ましい脳ミソだなあって思って」と付け加えた。

「大したことありません」

つまらなそうに吐く右京の横顔を、いけすかない上司だ、と言いたげな目で尊がねめつける。

白バイの後を追ってパーキング・エリアに入ったふたりは不思議な現象に遭遇した。確かにここに入ったのに駐車エリアのどこを捜してもバイクが見当たらないのだ。

「白バイもろとも消えてしまったんですかね？」尊が首を傾げる。

「消えるなんてことはありえないんですがねえ」

「どうします？」

尊は解せない様子の右京に訊ねた。

「どうもこうもありません。徹底的に調べますよ」右京はきっぱりと言った。「本物にせよ偽物にせよ、白バイの警察官が忽然《こつぜん》と姿を消してしまうなんて、不可解極まりないじゃありませんか」

「……徹底的に？」

「ええ、徹底的に」

どんなことであっても辻褄が合わない問題に妥協は許さない。それが杉下右京であった。

尊の黒のスカイラインとすれ違いにパーキングを出てゆく一台の宅配便のトラック……白バイはそのなかにあった。ジュラルミンの壁に覆われた荷台のなかで、先ほどの偽警官は暑苦しいヘルメットと制服を荒々しくはぎ取る。脱ぎ捨てたTシャツの下、筋肉質の背中には不気味なタトゥーが汗に光っていた。

二

偽白バイが走り去った後、サングラスの男、本多《ほんだ》篤人《あつんど》が向かったのは湾岸地帯の倉庫群のなかに建てられたロフト風の高級マンションだった。

「お疲れ様です。ようこそいらっしゃいました」

本多が内ポケットからまた茶封筒を取り出し、鍵を開けてドアノブに手をかけたところ、内側から勢いよく開いた。そこに立っていたのはブレザーを羽織ってはいるが長髪にノーネクタイというラフな服装で、怜悧に見える銀縁メガネをかけた青年だった。

「きみが山本君か？」

本多はサングラスの奥から鋭い視線を投げ掛けた。すると青年はさも可笑《おか》しそうに高笑いをして名乗った。

「高倉ですよ。高倉俊司」

「わかってるよ」

つまらなそうに答える本多を見て、高倉は愉快そうに続けた。

「あなたのビッグファンです。さあ、どうぞなかへ」

本多のボストンバッグを持ち上げ、優に二十畳はあるだろうリビングに招じ入れながら、高倉はクサイ芝居を思わせるオーバーアクションで、「ああ、お目にかかれて光栄です！」と叫んだ。そして白けた顔でそれを無視する本多に、なおフレンドリーな表情を崩さずに続ける。「アトリエは隣にご用意しました。短い間ですので必要最低限のものしかありませんが、もし足りなければおっしゃってください。すぐに揃えます。何しろ爆弾なんて作ったことがないもんで。それからお食事なんですが……」

「爆弾も作れないくせしてテロリストの真似事か」

お調子者のごとくべらべらと喋る高倉を遮って、本多が侮蔑するように言った。

「人それぞれ得意分野があるじゃありませんか」高倉は本多の言葉を軽く受け流して続けた。「とりあえず食材は揃えました。自炊はお得意ですよね？　近くに食べ物屋もありますけど、なるべく外出は控えた方がよろしいかと思います。こう見えてもぼく、コンピューター関係は得意なんですよ。そこら辺のシステムに侵入することなんか、わけありませんから」

多少の脅しをかけたらしい高倉に、本多が低い声で訊ねた。

「なぜ俺に目をつけた？」

「言ったじゃありませんか！　あなたのファンなんですよ」

高倉は再びおどけてみせる。

「どうやって俺のアドレスを知った？」

海外に逃亡していた本多に高倉はメールで連絡をとり、日本に呼び寄せたのだった。

「関西にあなたの昔からの支援者がいらっしゃるでしょう？　町の印刷屋さん、メールでやり取りしていらっしゃる。その方のコンピューターから情報を盗み取りました」

本多は呆れ顔で高倉を一瞥した。

「仲間は何人だ？」

「少数精鋭、適材適所でやってます」高倉はそう答えると、ブレザーの内ポケットから写真の紙焼きを取り出してそこに写っている女性をつくづくと眺めた。「……美人ですよねえ」

「何⁉」

「お嬢様ですよ」

サングラスを外して高倉が差し出した写真を見た本多の顔色がサッと変わった。

「茉莉《まり》に手ぇ出したら、ただじゃおかないぞ」

にじり寄って凄む本多をはぐらかすように、高倉は微笑んで答えた。

「ですからそれはあなた次第ですよ、本多さん」


一方、高速のパーキングで白バイにまかれてしまった右京と尊は警視庁に戻り、ナンバープレートを頼りにコンピューターの照会システムで検索していた。

「《該当者なし》……やっぱり偽警官か。偽造ナンバーってことですね」

右京が操作するパソコンの画面を覗いて尊が呟いた。

「車の方も照会してみましょう」

さらりと言う右京を尊はまじまじと見る。

「車の方って、止められてた車ですか？」

「ええ」

「ハハ、そっちも覚えてたんだ」

右京の並外れた記憶力に尊は呆れるしかなかった。

「管轄外の場所で、警視庁の警察官が車を止めているというおかしな状況でしたからねえ。もし何かお話でも聞ければ、偽白バイ警官の手掛かりが摑めるかもしれません」

右京がナンバーを入力すると、検索結果が出てきた。

車の持ち主の住所は練馬区となっていた。

《今宮幸夫》

三

検索システムが表示した練馬区の住所を手がかりにやってきた右京と尊は、かなりの築年数と思しき木造平屋建ての一軒家を見つけた。が、呼び鈴を鳴らしても応えはなく、戸も閉め切られ一見して留守宅だとわかった。そこに通りかかった隣の家の主婦らしき女性がふたりに声をかけた。

「今宮さんならお留守よ」

その女性によると、二週間ぐらい留守にすると告げてヨーロッパに旅立ったという。独り身で気楽な今宮は、しばしば休暇をとって旅行に出かけるのだと、噂好きの主婦特有の口調で続けた。

「旅行中か。とすると、昨日高速で偽白バイに止められていた人物は誰なんですかね？車の名義は今宮幸夫。どうもすっきりしませんね……あれ？　あ、杉下さん！」

尊が独り言のように呟いている間に、右京はスタスタと裏庭に回って家のなかを覗き込んでいた。

「留守宅で何しようっていうんですか？」

「間違いないと思います」

刑事でありながら、死体が大の苦手の尊を慮《おもんぱか》ったのである。

尊は窓の方に顔を向け、大きく息を吸い込んでから「大丈夫です」と強がってみせたが、右京がいざ掘り出そうとすると、「待って！　やっぱり出ます」と庭に降りた。

右京が表面の土を除けると、黒いポリ袋の端が見えた。右京は畳に腹ばいになりその周りの土を払いのける。

「動くな！　そのまま！」

そのとき玄関の方から鋭い声が響いた。尊が振り返るとふたりの警察官が先ほどの主婦を従えて警棒を構えている。

「ああ、この男よ！」主婦は尊を指さして、「もうひとり、もうひとりいるはずよ！」

「それはぼくのことですか？」

屋内からいきなり顔を出した右京に肝を潰した主婦が、声を裏返して指さす。

「そうそう、この人、この人！　見るからに怪しいふたり組でしょ？」

「あんたたち、ここで何やってんだ！」警官が叫んだ。

「できれば死体は新鮮なうちに見つけたいねえ」

連絡を受けてやってきた警視庁捜査一課の伊丹憲一がマスクに手を当てた。

「ああ」

同じくマスクをした同僚の三浦信輔と芹沢慶二も、黒いポリ袋のなかを覗いて顔を背けた。

「警部殿はいつロンドンから？」

脇からそれを眺めている右京に、三浦が訊ねた。

「昨日の午後に戻りました」

「帰国早々、こいつを掘り当てたってわけですか」

「そういうことになりますねえ」

いつもながら事件に遭遇することにかけてはピカ一の右京を、三浦は呆れ顔で見た。

「警部補殿！」庭から首を伸ばして見ている尊に伊丹が声をかける。「よろしければズズイッとそばへ。第一発見者なんですから」伊丹独特のイビリである。

「いや結構。ここで十分見えます。それと、厳密に言えば、ぼくは第二ですから。杉下さんが第一」

及び腰で応える尊を見て、伊丹はニヤリと笑って隣の芹沢に耳打ちする。

「奴は死体に弱い。連れてこい」

「はあ？　嫌っスよ」

先輩の命令とはいえ、あまりにも大人げない伊丹に呆れた芹沢が断るが、伊丹は承知しない。

「いいから行けよ、ほら！」

背中を押されて嫌々ながら歩みを進めた芹沢を、携帯の呼び出し音が救った。

一方、右京のほうは部屋中を動き回りながらしきりに首を傾げている。

「先ほどから何をお探しですか？」

そんな右京に鑑識課の米沢守が声をかけた。

「パスポートなんですがねえ。それと免許証も。見当たらないんですよ。かわりにこんなものが見つかりましたが」

右京の手には結婚相談所のチラシがあった。

「ああ。独身のようですし、こういうものが発見されても、さして不思議はないかもしれませんね。ちなみに押し入れの奥には、段ボールいっぱいのエッチなビデオがありましたよ。DVDではなくビデオテープであるところに、独身の中年男性の悲哀を感じました。ご覧になりますか？」

「いえ、結構」

被害者に同情気味の米沢が誘う。

右手を上げて断った右京に、芹沢が携帯を差し出した。

「ぼくにですか？」

頷く芹沢から怪訝な表情のまま携帯を受け取り、耳に当てた。

──杉下か？　中園だ。

相手は刑事部参事官の中園照生《てるお》だった。

「これはどうも」右京が応える。

──誰の許可を得て捜査に参加してる。

いつもながら権威を振りかざした態度で中園が気色ばんだ。右京がうっすらと笑いながら無言のままいると、中園の背後から野太い怒声が聞こえてきた。

──第一発見者だからといってでかい面《ツラ》をするな！　そう言え。

刑事部長の内村完爾《かんじ》だった。

──第一発見者だからといってでかい面するな！　即刻戻れ。部長室へ来い。神戸もだ。

腰巾着《こしぎんちゃく》よろしく平身低頭で鸚鵡《おうむ》返しにする中園の姿が右京の目に浮かんだ。

四

つけっぱなしのテレビから、練馬区の住居で死後およそ一週間の男性の遺体が見つかったというレポーターの声を耳にして、窓辺に立ち海を見ながらコーヒーを飲んでいた本多のこめかみがピクッと動いた。繰り返し事件を報じるテレビをリモコンで消し、本多は鞄のなかからパスポートを取り出した。

《今宮幸夫》。そこに記されているのは、テレビで報じられた男の名前と同じである。

本多は意を決したように奥歯を嚙みしめ、携帯を取り出した。

「もしもし」

「小野田官房長、外線が入っておりますが、お繋ぎいたしますか？」

訊ねるオペレーターに「どうぞ」と応じたのは、警察庁官房室長の小野田公顕《こうけん》だった。

聞き覚えのない声に小野田が眉を曇らせていると、相手が名乗りをあげた。

――本多だ。久しぶりだな。わかるか？

「いや、申し訳ないんだがわからない」

小野田が冷たくあしらうと、相手は心持ち声を荒らげた。

――本多篤人だ！

その名前を聞いて小野田の表情が変わった。

「ホントに本多？　どこから？　国際電話？」

まだ信じ難い様子で小野田が問う。

――日本だ。

「そりゃあまた驚いたね。いつ帰国した？」

――まあ、積もる話もあるが、いずれまた機会をみて。実はきみに……頼みがある。

「頼み？」

——昔のよしみで引き受けてくれ。

本多の重い声に、受話器を握る小野田が身構えた。

本多を湾岸のマンションに残し、高倉がやってきたのは下町の工場街にある自動車整備工場だった。

「おお、シュンちゃん。調子はどう？」

軽い調子で声を上げながら整備中の車の下からはい出てきたのは、成田からの高速道路上で偽警官を演じた男、脇田輝之だった。

「その様子じゃあ、ニュース見てないね」

「ハッ、ニュースなんて見ねえよ。テレビはお笑いだけ。ハハハハッ。何？　どうした？」

油の染みだらけのつなぎを着て汗を拭う、いかにも肉体派の脇田に目を遣りながら、高倉はニヤリと笑った。

警視庁では刑事部長室に呼び出された右京と尊が、いつもながらの大目玉を食らっていた。

「空き巣に間違われて通報されるとは何事だ⁉」

安楽椅子にふんぞり返り、苦虫を嚙み潰したような顔の内村刑事部長の脇に立った中園警視正が、甲高い声を上げる。

「チッ、あのババア」

「なんだ？」

小声で毒づいた尊の呟きを内村は聞き漏らさなかった。

「いえ……」内村にジロリと睨まれた尊がひるむ。

「本来なら監察に報告して懲戒処分を検討するところだが、まあ、今回は遺体発見の功績に免じて穏便に済ませてやる」

「ありがたく思え」

恩着せがましい内村のせりふに、中園が追従した。

「これ以上、一課に迷惑をかけるな。特命は特命らしくしていろ。わかったらおとなしく離れ小島へ帰れ」

内村に追い立てられるようにドアに向かったふたりだったが、右京に続こうとする尊だけが、内村のだみ声に呼び止められた。

「ああ、神戸……だったかな？　特命係に配属されたからといって、杉下のあとをついて回る必要はないんだ。おまえはおまえの用事をしろ」

「私の用事とは？」

しれっと尊が聞き返す。

「言ったろう？　就職活動だ」

中園は冷たい目でニヤリと笑い、特命係就任以来、再三再四、尊に浴びせてきた皮肉を繰り返した。

ドアの前、背中で聞いていた右京は、部屋を出て廊下を歩きながら尊に忠告した。

「部長の言うとおりですよ。きみにはぼくに付き合う義務はありません」

「なら、就職活動しろとでも？」

「ぼくは特に指図はしません。何をしようときみの自由です」

「自由なら、警部につきまとうのも自由でしょう。おっしゃるとおり、自由にさせていただきます」

突っぱねる尊に、右京は呆れ顔で応じる。

「意外と理屈っぽいですねえ、きみは」

「ハッハッハ。警部ほどでは」

「おまけに口うるさい」

迷惑そうに言い捨てて、右京は尊の前をスタスタと歩いていった。

そんなふたりを手ぐすね引いて待っていたのは、特命係に隣接するフロアにある組織犯罪対策五課の課長、角田《かくた》六郎だった。

「おお、おかえり！　昨日だろ？　ロンドンから」

「ええ、昨日戻りました」

「ヘッ、早速とんでもないもの掘り起こしたそうじゃない。聞いたよ。あんたらしいよな」嬉しくて堪らないという顔で右京に耳打ちした角田は、安堵の溜め息をついて続けた。「まあいい、とにかく帰ってきてくれてよかった。とっとと部屋、戻れ」

「はい？」

「大御所がお待ちかねだ」右京の耳元でそう囁くと、角田は特命係の小部屋を顎で指した。右京と尊が揃って振り返ると、小窓の向こうに小野田の姿が見えた。「突然、部屋に来て居座ってる。なんとか目を合わさずにいたんだが、もう限界だ」

頷いて小部屋に向かう右京に続こうとした尊の袖口を、角田が摑んだ。

「会えたか？」小声で角田が訊ねた。

「会えました」

「だろう？　絶対、迎えに来ると思ったんだよ。美人だったろう」

「ええ」

興味津々の様子の角田に、尊は多少辟易気味だ。

「へへッ。しかしおまえさんも物好きだよなあ。わざわざ元嫁さんの顔を拝みに空港に行くなんてさあ」

秘密をあばかれた尊は、不審そうにこちらを振り向いている右京を牽制し、隠れて唇に人差し指をあてる。角田は首を竦《すく》めて仕事に戻っていった。

「きみが神戸君？」

自分でコーヒーを淹れ、特命係の小部屋ですっかりくつろいでいる小野田は、部屋に入ってきた尊に声をかけた。

「あっ、神戸です。初めまして」

「どうも。小野田です」

ふたりの間にわざとらしいぎこちなさが漂う。

「ご用件をお聞きしましょうか」

右京が小野田の前に進み出る。

「頼み事」意外な答えに右京が怪訝な顔をしていると、小野田が続けた。「頼み事するのに呼びつけるのはどうかと思って、わざわざぼくの方から出向きました」

「恩着せがましくおっしゃるほどの距離ではありませんがね。お隣のビルですから」

にべもなく右京がやり返す。

「そういう物理的な問題じゃないでしょう。ねえ？」

「あっ、はい！　ごもっとも」

いきなり振られて戸惑う尊を余所《よそ》に、小野田が本題を切り出した。

「早速だけど、本多篤人って知ってる?」

「ホンダ?」

記憶の引き出しをさぐる右京の脇から、尊が答えた。

「〝赤いカナリア〟の幹部じゃないですか?」

「そう。さすがその辺りには明るいね。警察庁《ウチ》の警備部にいただけのことはある」

「左翼過激派の〝赤いカナリア〟はご存じですよね? 本多篤人というのはその大幹部のひとりです」

小野田に褒められた尊は、ちょっと得意げに右京に説明する。

「ええ、思い出しました」

頷く右京に、さらに尊が解説を続ける。

「七〇年代、様々な破壊活動を指導した疑いで指名手配になっています。たしか、国外に逃亡したまま行方が……」

そこで小野田が引き取った。

「うん。同じように国外逃亡した連中が次々と捕まるなか、本多篤人はうまく逃げ延びたようだね。まあ、本多篤人というのは、いわゆる革命戦士ですよ」

「で、その本多篤人がどうかしましたか?」

右京が小野田に先を促す。

「今、どうやら日本にいるらしい。里帰りで帰国したわけじゃありませんよ。新たな破壊活動を計画中だそうです」

「それはたしかな情報ですか？」

右京が問いかけると、小野田が意外なことを口にした。

「たしかですよ。なにしろ、さっき本人から聞いた話だから」

「本人から!?」尊が声を上げた。

「突然、電話があって。何十年ぶりかしら」

こともなげに言う小野田に、尊が重ねて問う。

「あのう、どういうご関係なんですか？　本多とは」

「友人であり、同志だった……共に革命を夢見てた頃のね」

「官房長は左翼運動なさってたんですか？」

小野田の意外な過去に、尊はさらに驚きを覚えた。

「ぼくらの年代は、多少なりともそういうものをかじってますよ。まっ、一種の流行《はや》りでしたから。ただぼくは、彼ほど真剣じゃなく、彼ほど度胸もなく、すぐに転向しちゃいましたけどね。だから、彼が革命戦士として名を馳せた頃には、ぼくはせっせと公務員試験の勉強をしてました」

それを聞いて尊はようやく納得がいったようだった。

「そもそも、本多篤人はなぜ官房長に計画を暴露するような電話をかけてきたのですか？」

本多篤人という男に、右京も次第に興味を覚えてきたようである。

「本人いわく、もう破壊活動はしたくない。彼だってね、もはやそんなことで世の中が変わるなんて幻想は抱いてないいんですよ。しかし、のっぴきならない事情がそれを許さないと」

「のっぴきならない事情とは？」続けて右京が問う。

「ひとり娘の命が狙われてるんだって。要するに、娘を人質にとられて、破壊活動の実行を強要されてるらしい。だからね、その娘の安全を確保してほしいと」

「官房長に直接頼んできたんですか？」尊の驚きは続く。

「まっ、本人は頼みって言ってるけど、実際のとこは交換条件みたいなものかな。娘の無事を確保できれば破壊活動は中止する。けれど、できなければ計画どおり実行するってことだから」そこで一旦言葉を切ると、小野田はサラリと言った。「やってくれる？」

「はい？」右京がとぼけて聞き返した。

「だから、娘の安全を確保してほしいの。それができないと、東京のどこかでテロが起こる。それを阻止するためにね」

「もちろん、テロは阻止しなければなりませんが、だったら公安部を正式に動かした方が。相手は〝赤いカナリア〟の本多篤人なんですから」

尊が《優等生》の反応を示した。

「それだと警察がテロリストと交渉したことになっちゃうでしょ。それは避けたいの。それは避けたいけど、テロも避けたい。わかる？」

小野田の魂胆が読めた右京は返事をしない。そんな右京と尊を交互に見て、小野田は繰り返した。

「わかるよねえ？」


その頃、捜査一課では遺体で発見された今宮について、右京が示唆するところを裏付ける情報が次々と挙げられていた。

まずNシステムの画像データからは、今宮の白い乗用車が三ヶ所でキャッチされていた。最終目的地を特定するのは難しいが、およそ港区方面へ向かっていることはわかった。

さらに今宮幸夫のパスポートを使って何者かが入国していることも判明した。昨日の午後三時四十一分のことである。成田から東京へ向かう高速道路で右京と尊が今宮の車を見た時間と一致している。すなわち、死んだ今宮のパスポートを使って何者かが日本に入国し、さらに今宮の自動車を運転して都内港区方面へと向かったということである。

「こいつだな、今宮幸夫のパスポートを不正使用して入国しやがった野郎は！」

Ｎシステムが捉えた比較的鮮明な画像の写真を睨みつけて、伊丹が叫んだ。そこにはフロント越しにぼんやりとではあるが、サングラスをかけた本多篤人らしき人物が写っていた。

五

「不測の事態ってやつでさ、車、ちっとやべえから回収すっけど」

本多が爆弾を作っている部屋の戸口に立ち、脇田が車のキーをちゃらちゃらと鳴らした。

「わかった。気が散るからとっとと消えてくれ」

爆弾作りに熱中している本多は、振り向きもせずに煩わしそうな声を上げた。

「ＯＫ」と踵を返しかけたところで脇田が再び本多の背中に語りかけた。「あんたさあ、昔、啓和《けいわ》銀行の本店、吹っ飛ばしたんだろ？　スカッとした？」手を止めてゆっくりと振り返り、鋭い視線をよこす本多に、脇田がたじろぐ。「ごめん、ごめん。もう邪魔しねえ。戻るよ」

「おい！　ドア閉めてけ」

退散する脇田に、本多は不機嫌に言った。

「人質っていっても、特に娘が拉致監禁されてるってわけじゃないんですよねえ」

特命係の小部屋でパソコンに向かい、本多篤人の情報を検索しながら尊が右京に語りかけた。

「いつでも殺す用意があるということで、脅しているようですねえ。しかし、テロリストの娘を人質にとってテロをしかけようとしているのは、一体どんな連中なのでしょう」

紅茶のカップを手に、右京が逆に尊に問う。

「うーん、新興勢力じゃないでしょうかね」

「既存のテロ組織ではないということですか？」

「もちろん〝赤いカナリア〟の第二世代、もしくは第三世代の仕業という可能性もなくはないですけど、現在、とりわけ日本では〝赤いカナリア〟はほとんど壊滅状態です。左翼過激派として名を馳せたのは遠い昔のこと、いわば過去の栄光ってやつですからね。まっ、それでも公安は監視を続けてますから、何か動きがあれば察知できるはずです。が、そういう情報はあがっていません」

「なるほど」

さすが元警備部だけあって、尊の分析は現場を踏まえたものだった。

「いわゆる左翼運動とは切り離して考えるべきだと思いますね。もはや風前の灯火《ともしび》の左翼運動が、ここへきて盛り上がるとも思えませんし」

「つまり、思想なき破壊活動、ですか」

「フッ、だって、日本で今、日本人がテロを起こすとしたら、そうでしょう?」

尊は当然のことというように、鼻を鳴らした。


翌朝、警視庁の幹部が大会議室に集結した。緊迫した雰囲気のなか、警視総監が重々しい声で切り出した。

「実は今、いささか厄介な事態が起こっている。詳しくは警察庁の小野田くんから」

小野田が立ち上がった。

「おはようございます。小野田です。とりあえず、警視庁幹部の皆様のお耳に入れておきたいことがあります。もちろん愉快な話題ではありません……」

こうして本多篤人の件は警視庁幹部の知るところとなった。


その頃、右京と尊は本多篤人のひとり娘、早瀬茉莉に接触すべく、勤め先の区役所を訪れていた。

「ちょっとよろしいですか？」

カウンター越しに右京が声をかける。

「はい」

てっきり相談に来た区民だと思って応対しようとした茉莉は、右京がそっと差し出した警察手帳を見て顔色を変えた。

「少々厄介なお話があります」

右京が小声で切り出す。

「厄介な話？」

「お父上の件です」

茉莉は途端に眉を曇らせた。

「公安の方ですか？」

緊張に声を強ばらせて茉莉が訊ねる。

「いえ。いずれにしましても、お仕事中にできる話ではありませんので、今夜、こちらへ来ていただけませんか？」

右京は内ポケットから映画館の指定席券を取り出し、カウンターの上に置いた。

その夜、豊玉警察署では《練馬男性殺人・死体遺棄事件》の捜査会議が開かれていた。

一向に席を立たない刑事たちを見て発せられた説得とも言えない内村の言葉は、いつものことながら保身と事大主義に基づいたものでしかなかった。

六

同じ頃、仕事が終わって映画館にやってきた茉莉は、上映中の暗がりのなか、指定された席に滑り込んだ。隣を見ると先ほどの刑事がふたり、並んで座っている。

「前を見たままで結構です。改めて自己紹介をします。警視庁の杉下です」

昼間、警察手帳を出した刑事が押し殺した声で言った。「神戸です」隣に座っている若い方の刑事もそっと会釈した。戸惑いながらも自己紹介する茉莉に、右京が切り出した。

「早速ですが、実は今、お父上の本多篤人が……」

「父はいません」

茉莉は低いがきっぱりとした口調で遮った。

「はい？」

「生物学的な意味では、本多篤人は私の父親です。けれど、父親だと思ったことありませんから。私が一歳になるかならないかの頃、日本を離れてしまった人です。それ以来、会ったこともありませんし、それを血縁があるから父親だって思えって、無茶です。それに……」

「なんでしょう?」言い淀む茉莉を右京が促した。

「人殺しでしょう? 本多篤人は。国際的な指名手配を受けているテロリスト。そんなのが父親だなんて、迷惑です」

「なるほど」一旦矛を収めた右京は、別の方向から再び切り込んだ。「役所でお目にかかった時、〝公安ですか?〟とおっしゃいましたね」

「え?」茉莉が聞き返す。

「公安から接触がありましたか?」

「大昔です。私が小学校に上がった頃、母に公安の監視がついてました」

「監視はいつ頃まで?」今度は尊が訊ねた。

「本多が今、どこで何をしているか知りませんけど、私のところへいらしても無駄ですよ。本多を捜したいなら他をあたってください」

ピシャリと遮断したはずの茉莉だったが、隣の刑事は意外なことを口にした。

「われわれは本多篤人を捜しているのではないんですよ」

「あなたを護りにきました」尊が続けた。

「おっしゃってる意味が……」

茉莉が戸惑っていると、尊が打ち明けた。

「何者かがあなたの命を狙っています。ですから、こんなスパイじみた真似を」

「どういうことでしょうか？」

「何者かが今、あなたの命を人質にして、本多篤人にテロを実行させようとしています。われわれはテロを阻止するためにやって来ました。それにはあなたの協力が必要なんです」

茉莉は右京と尊に従い、都内のホテルに籠ることにした。一旦自宅のマンションに戻って荷造りをするという茉莉を、右京と尊は駐車場に停めた車のなかで待っていた。

「父と娘の想いには、これほど差があるものなのでしょうかねえ」

助手席で右京が呟いた。先ほどの映画館のなかでの茉莉の態度を思い浮かべていたのだ。

「生物学的には父親、か」尊も茉莉のせりふを繰り返した。

「けんもほろろでしたね。父親だと思ったことはない、父親だと思えというのが無茶だと。一方、父親の方は娘の命を救うためにやりたくもないテロを実行しようとしている。この、それぞれの想いの差は……なんなのか」

右京の問いに、尊は答える言葉を持たなかった。

ホテルに着くと、右京と尊は用意した部屋に茉莉を導いた。

「申し訳ありませんが、しばらくの間、外出禁止です。外に出たくなった時は連絡ください。お迎えにあがりますから」尊が茉莉のスーツケースを部屋に納め、「ぼくたちの部屋は４５２１です」そう言って茉莉に鍵を渡した。

　ひとまず茉莉の身柄を安全なところに移した右京と尊は、同じフロアにとった別室でひとときのくつろぎを得た。

「案外、いいかもしれませんね」

　ミネラル・ウォーターのグラスを片手に、尊が言った。

「何がですか？」

　右京は持参した本に目を落としたまま訊ねた。

「お互いをよく知るためには、こういう仕事も。馬頭刈《まずかり》村の事件の時は別々の部屋に泊まりました。しかし、今回はこうして一緒の部屋。ここでふたりで朝を迎えることになる。フッ」

　そう言えば泊まり込みで事件に関わるのはこれで二度目だが……尊の意味深なせりふに右京の顔が引きつった。

「きみは突如、不気味なことを言い出しますねえ」

「あ、いえ、そういう変な意味じゃないですよ」

　尊が慌てて否定する。

「当たり前ですよ」

　右京は憮然として尊を睨んだ。そのとき、部屋の電話が鳴った。これ幸いとばかりに尊が取ると、隣室の茉莉からだった。

——ちょっと外に出たいんですけど。

「どちらへ？」

——買い物です。

「買い物？　品物を言っていただければお届けしますよ」

——薬局です。女の子のもの、買いたいんです。ちょっと刑事さんに買ってきてもらうのは気まずいんで……。

　躊躇《ためら》いがちの声を察した尊はわずかに顔を赤らめた。

「なるほど。わかりました」電話を切った尊は活字に目を落としている右京に、「生理用品、買いたいみたいです。ちょっと行ってきます」と断ってから、気まずいムードを抜け出す口実が出来たとばかりに部屋を後にした。


　右京は本から目を上げて腕時計を見た。ちょっと行ってきます、というわりには時間がかかりすぎている。携帯を取り出して尊にかけてみるが、呼び出し音のみが空しく響いて一向に出る様子がない。悪い予感が頭をよぎった右京は上着を摑んで飛び出した。

　ドアフォンを押すが返事もない。オートロックがかかっているノブをガチャガチャ鳴らしていると、首の後ろに手を当てて顔を顰めている尊が出てきた。右京の顔を見ると情けなさそうに「すみません」と頭を下げた。先刻、部屋に入ろうとするやいなや、何者かに後頭部を鈍器で殴られ気絶し、その間に茉莉が連れ去られたのであった。

「いきなり、ですか」右京が部屋のあちこちを調べながら訊ねた。

「ええ」

「油断大敵ですねえ」

右京に不注意を咎められた尊は、うな垂れて呟いた。

「彼女、連れ去られちゃったんですよ。ぼくの責任ですけど」

「まあ連れ去られたところで、当面彼女の命に別状はないはずです。少なくとも本多篤人が計画を実行するまでは、彼女の命は安全ですよ」

「そうでしょうけど……彼女の行方を早く捜さないと」

不満そうに尊は口を尖らせた。

「ですからそのために、われわれの目をかすめて彼女を監視し続け、きみを一撃で撃退して彼女を連れ去った犯人の手掛かりがないか調べてるんですよ」

何となく皮肉めいたせりふを吐きながら、茉莉のスーツケースを開けて中身を出そうとする右京を、逆に尊が咎めた。

「それ、彼女の鞄です。私物ですよ!?」

「鞄があるとどうしても中身を確かめたくなる。ぼくの悪い癖」

「はぁ？」

言い訳にならない言い訳をしながら、右京は茉莉の持ち物を次々と取り出している。

「おやおや、どれもすぐに鞄から出してあげないから、シワになってますよ、シャツが。おや、どちらへ？」

呆れ顔で部屋を出て行こうとする尊に訊ねた。

「ホテルの防犯カメラ、確認してきます」

「ああ、それは名案ですね。よろしくお願いします」

「では後ほど」

部屋にひとり残った右京はバスルームに入って隅々を指さし確認しながら「ありませんねえ」と独り言を言った。


ちょうどその頃、爆弾作りに飽いた本多篤人が窓の外の夜景をぼんやり見ていると、携帯がメールの着信音を鳴らした。ディスプレイを開くといきなり動画が始まり、がっくりと首を折っているショートカットの女性の頭部が映った。脇の男が髪を鷲掴みにして持ち上げる。茉莉だった。だいぶ手荒くされたらしく頬にうっすらと痣ができ、口角からわずかに血が滲んでいる。

動画が終わったタイミングで、今度は電話の着信音が鳴った。

「高倉か？　なんだこれは！」

本多が携帯に向かって恫喝した。

「こんなことしたくなかったんですが、お嬢様を監禁しました」

「何？」

「なんか、妙な連中がうろちょろしだしたもんですから。おとなしくご同行いただけなかったもので、ちょっと怪我させちゃいましたが……。ご安心ください、命に別状はないので。計画を実行してさえいただければ、お嬢様は間違いなく解放しますよ」

「おい！」

狼狽した本多が携帯にすがった。

「それじゃあ、くれぐれもよろしくお願いします。ファンを幻滅させるようなことはしないでくださいね」

本多のその様子をいかにも愉快そうに笑い、高倉は一方的に電話を切った。

七

ほどなくして、防犯カメラに気になる映像が映っていたという情報を、尊がもたらした。

「こちらです。この男たちです」

モニターが並ぶ警備員室に右京を導いた尊は、警備員に依頼し、件《くだん》の映像を出した。映像は地下の駐車場に据えられたカメラからのもので、大きなスーツケースを転がしてきた男ふたりがいかにも重そうなその荷物を持ち上げ、車のトランクに入れていた。

「確かに大きい鞄ですが、大の男がふたりがかりで持ち上げなきゃならない荷物なんて、ちょっと違和感ありません？　もちろんこれだけで疑ってるんじゃありません。前の映像をお願いします」

再び尊の指示で、警備員は先ほどの画面からさかのぼること一時間二十分前のものを出した。

駐車場に乗り入れた車からスウェットのパーカーを着てフードを被った男が降りてきてトランクを開け、そのなかから先ほどと同じスーツケースを片手で楽々と持ち上げて転がしているのだ。

「来た時は空だったんですよ。で、ホテルのなかで何かを詰めて車で運び去った。大の男がふたりして持ち上げなきゃならないような重量のものを詰めて。とりあえず、彼女を連れ去った犯人は、さっきのふたり組と思って間違いないんじゃありませんか？」

得々と自説を披露する尊を、右京の携帯の着信音が遮った。

「失礼」

小声で断って、右京は携帯をとった。

――案外役に立たないねえ、きみたちは。誘拐されちゃったみたいじゃない。

電話の相手は小野田だった。小野田はさらりと穏やかな口調で、厳しくふたりを責めた。


「自分のヘマです。申し訳ありません」

茉莉がいなくなった部屋のソファにどっかりと座っている小野田の前で、腰を深く折って平謝りしているのは尊のみだった。

「謝って済むなら警察いらないもんねえ」痛烈な皮肉をこめて小野田はそっぽを向いた。

「で、杉下は?」

「それが、官房長が急遽こちらにいらっしゃるから状況を説明しておいてくれと言い残して、どちらかへ」

「ぼくがわざわざ来るって言ってるのに、自分の用事を優先させるなんて、いい根性してるよねえ」

言葉尻から小野田のへその曲げ具合が窺えた。

「はい、杉下警部は少々わがままが過ぎるところがあります」

それに乗じるように、尊は日頃感じているところを述べた。

「一緒にいるの、しんどい？」

「あ、いえ……」

間髪容れずに突いてきた小野田に、尊は戸惑った。

「意外とハモってる？」

「新鮮な驚きとともに、日々、楽しく過ごしています」

いきなり振られた話題に、尊は奇妙に優等生的な回答をしてしまった。

「ああ、そうだ。これ見てよ。さっき本多から転送されてきたんだけど」

話題を転じた小野田は携帯を取り出し、尊の目の前で件の茉莉の映像を再生した。

「はい。ああ、痛っ！　彼女、怪我を？」

尊は茉莉の痛々しい痣を見て、自分の頬に手を当てた。

「拘束される時、多少手荒な真似されたみたい。きみの方は平気なの？」

「はい？」

「きみも殴られたんでしょ？」

「あっ、平気です……痛っ」背筋を伸ばした途端に首の後ろに激痛が走ったが、尊はこらえて「問題ありません」と虚勢を張った。

「そう。ところで、さっきから気になってんだけど、これってどういう趣向かしら？」

小野田は目の前のテーブルの上に無造作に投げ捨てられた女物の服を顎で指した。

「ああ、これは杉下警部が」

「やっぱりあいつの仕業か」

「まったくの彼女の私物です。杉下警部はちょくちょく、こういった傍若無人な真似をします」

尊はまるで担任に告げ口をする小学生のように口を尖らせた。

「変わったことするよねえ、あいつは」

確かに変わっていた。茉莉のスーツケースから衣服を取り出しながら、

——どれもすぐに鞄から出してあげないから、シワになってますよ、シャツが。

まるで小舅《こじゅうと》のように小言を言っていたのだった。

小野田が帰り、茉莉の服を畳んでスーツケースに戻していた尊は、何かに思い至りふと手を止めた。右京の小言が妙に気にかかり始めてきたのだ。しばし思案していた尊はポケットから携帯を出し、右京にかけた。

「神戸です」

——わかってます。

電波の向こうから右京の不機嫌な声が聞こえてきた。

「あのう、彼女、本当に誘拐されたんでしょうか？　ひょっとすると、さらわれてないんじゃないでしょうか」

——ええ、おそらく狂言ですよ。すべて仕組まれていたんです。

右京の声がはずんできた。

「やっぱり。ってことは彼女とあのふたり組はグル？」

——間違いないでしょう。

「今、どちらです？」

——言いたくありません。

せっかく意見の一致を見たというのに、なんだ、この人は？　尊は肩透かしをくった。

——いちいちきみに注意されるのは不愉快ですから。では失敬。

言うなりいきなり電話を切られてしまった。憤慨した尊が再びかけてみたが、どうやら電源まで切ってしまったらしい。尊は怒りと悔しさで地団駄を踏んだ。

八

「よくわかりましたね」

腹立ちが収まらない尊が、おそらくここに違いないと考えて茉莉のマンションに行ってみると、やはり右京はいた。

「そりゃ、見当つきますよ。早瀬茉莉が連中の一味だとすれば、警部は当然、彼女の部屋を調べたくなる。でも合法的な手段では入れないから、また住居侵入を犯す。当然、ぼくは注意しますよ。不愉快だろうがなんだろうが」

　尊が一気にまくし立てると、右京はしれっとそれをかわした。

「そのことではなく、誘拐が狂言だったことです」

「旅行鞄に入れっぱなしの服、警部もそれを怪しんだんでしょ？」

　不満顔ながら尊が答える。

「少なくとも一週間は滞在するわけですからねえ。部屋に入ったら、まずクローゼットに服をつるしてしかるべきだと思いました。こんなふうに」右京は茉莉の部屋のクローゼットを開けてみせた。「鞄に入れっぱなしではシワになってしまいますからねえ。特に女性はそういうのを嫌うのではありませんかね」

「でも、早瀬茉莉はそうしなかった。チェックインからだいぶ時間があったのに、服を一枚たりとも鞄から出していない。それから化粧道具、一切ありませんでしたね」

　尊もバスルームをチェックすることを忘れなかった。

「それにも非常に違和感を覚えました。特に宿泊の準備をせかしたわけでもないのに、女性がお化粧の道具を忘れることがあるのだろうかと。あるいは忘れたのではないとしたら、彼女はさらわれる時に化粧道具だけを持っていったということになります。そんなバカげた話はない。しかし、そのバカげた話を成立させるとしたら……」

「狂言」尊が答えた。

「ええ。服の一件とあわせて、おそらくそういうことだろうと踏みました」

「化粧道具だけ持っていったんだと思いますよ。これに必要だったんです」尊は携帯の画面を開いて右京に差し出した。「本多のところに送られてきた動画だそうです。官房長に転送してもらいました。怪我をしているように見えますが、メークでしょう、たぶん」

「そうでしょうね。この手の画像ならば、それで十分ごまかせます」

無惨にも痣だらけになっている茉莉の顔の大写しをじっと見て、右京が応じた。

「ん、これは？」

尊が右京の手元にあったアルバムを指す。表紙には〝ＭＡＲＩ《マリ》〟という英字が飾り文字でつづられている。

「茉莉さんの成長の記録、といったところでしょうか」

それを手に取りパラパラとめくっていた尊の手が、最後のページで止まった。

「これが最後ですか？」

写真館で撮影したような和服姿の茉莉の写真が挟まれている。

「成人式の写真のようですねえ」

尊が写真を摘むと、同じプリントが二枚重なっている。

「他は一枚ずつなのに、どうしてその写真だけ二枚あるのでしょうねえ？」右京が写真を覗き込んだ。

「さあ？　何か意味が？」尊が聞き返す。

「わかりません」首を傾げた右京が何かを思い出したように話題を変えた。「ああ、ちなみに言っておきますが、今回は勝手に入ったのではありませんよ。戸締まりがきちんとしてありましたから、入ろうにも入れません」

「じゃあ、管理人さんですか？」

「ご名答。鍵を開けてもらいました」

「どういう理由で？」

「それはまあ。ゴニョゴニョと……」

言いよどむ右京を尊が鼻で笑う。

「フッ、またどうせ警察バッジを見せて、その勢いで開けさせたんでしょう。職権乱用ですねえ」

「わかりきったことをいちいち言われるのは、やはり不愉快ですねえ」

右京が迷惑そうに眉を顰《ひそ》めた。

そのとき玄関のドアが開き、スウェットのパーカーを着た若い男が入ってきた。誰もいないと思った部屋に先客を見つけて、顔色を変えた男はすごい勢いで廊下に飛び出した。マンションを出て路上を全力疾走で逃げる男を右京と尊が追い駆ける。

奇しくもそのとき、捜査一課の伊丹、三浦、それに芹沢が車でやってきた。恐ろしい勢いでこちらに向かって走ってくる男を見て、ハンドルを握っていた芹沢がブレーキを踏んだ。

「おおお、おい、ちょっと。危ない！　なんだよ」

後部座席に座っていた三浦が、すれ違いに走り去る男を見送った。

「あっ、杉下警部!?」続けて走ってくる人物を見て、芹沢が奇声を発する。

「お、おい！　ソンもだぜ！」相変わらず《尊》を《ソン》と言ってしまう三浦が指さす。

「おい、バックバック！　追え！」目を白黒させていた伊丹が芹沢に叫ぶ。

芹沢は方向転換する間もなくギアをバックに入れてアクセルを踏み込み、全力疾走している三人をバックのまま追い駆けた。

「お仕事中ですか～」

必死で走っている尊の真横につけた車の助手席から、伊丹が暢気《のんき》な声をかけた。

「あっ、前！　前！　前！」

尊は前方を指さす。右京も追い越した捜査一課の車は相変わらずスピードを上げて、逃げる男の前に回り込んで行く手を塞いだ。慌てふためく男はがむしゃらに抗《あらが》ったが、捜査一課の助太刀を得て追いついた右京と尊の前にかなうはずもなかった。

「放せよ！　いったい俺が何したっつんだよ」

羽交い締めにされた男は、脇田だった。

「きみが何をしたかは存じませんが、早瀬茉莉の部屋で何をしようとしていたのですか？」

呼吸を調えた右京が厳しい口調で質《ただ》すと、三浦が横から訊いてきた。

「警部殿も早瀬茉莉のところへ？」

「そちらもですか？」

右京は茉莉の部屋に赴いた事情を簡単に捜査一課の三人に説明した。一方、捜査一課の方は今宮幸夫の部屋にあった結婚相談所のチラシの線から、今宮がそこに会員登録をしていたこと、そして実際に紹介されていた女性のなかに早瀬茉莉がいたことを突き止めたのだった。

「で、早瀬茉莉は、その狂言誘拐とかで今、不在ってことですか？」伊丹が訊ねる。右京が頷くと、「でも、あいつはその一味なんですよね？」と芹沢をつけて脇田を監禁した車の方を顎で指す。

「確認はまだですが、早瀬茉莉の部屋の鍵を持っていますし、第一、一言も発することなく逃げ出したところをみると、相当やましいことをしていると思いますよ」

「奴を拘束して締め上げれば、いろいろ出てきそうだなあ」

舌なめずりをしている伊丹に、尊が水を差した。

「どういう容疑で拘束するんですか?」

「へ?」

虚を衝かれた三浦と伊丹が揃って右京を見る。

「彼の容疑はなんですか?」

当の右京も、その尊の問いに答える言葉を持っていなかった。


「ほら、降りろ」

尊が車から脇田を引きずり出し、解放しようとする。

「勝手な真似は許しませんよ!」

血相を変えて右京がそれを阻んだ。

「どういう根拠でこんなふうに拘束するんです?　明らかに不当捜査ですよ、これは!」

「彼にはまだ訊きたいことがあります」

「まあまあ、落ち着いて!」

脇田を挟んで言い争いをする右京と尊の間に伊丹が割って入った。ふたりの興奮が収まったのを見て、三浦が逃げの姿勢をとる。

「あとはおふたりにお任せします」

伊丹も芹沢を促して車に乗り込んだ。

三人が乗った車が走り去ると、尊が改めて右京に異を唱えた。

「強制的に拘束する権利はありません。こんな真似してどうするつもりです？　首、飛びますよ」

黙り込む右京を見て、尊は脇田の背中を押した。

「ほら、あんたは自由だ。行けよ」

どこかまだ信じられないというように首を傾げつつも転がるように逃げ去る脇田を見送った右京が、尊に微笑んだ。

「迫真のお芝居でしたよ」

「フッ、芝居をしたつもりはありませんよ」

珍しく褒められた尊がうそぶく。

「はい？」

「日頃の杉下さんの行動に対して、率直にご注意申し上げたつもりです」

「なるほど」

右京は生意気な《相棒》を憎々しげに睨んだ。

一方、さっさと現場を後にした捜査一課の三人は尊のスカイラインＧＴ－Ｒに乗り込み、マンションの前に停めていた車で立ち去った脇田を尾行していた。

「追跡始めました」伊丹が携帯に向かって報告する。

「了解。われわれもすぐに追いかけます。電話はこのまま繫げておいてください」交換した捜査一課の車に乗り込んだ右京がそれを受け、運転席の尊に目配せする。

「アイアイサー」携帯の向こうで伊丹が威勢のいい声を発した。

車を交換して追跡するという、そう滅多にない捜査一課と特命係の連携プレーである。


ガソリンとオイルの臭いがあたりに漂っている。暗いガレージ風の空間に一ヶ所だけ、蛍光灯が灯っている。脇田の自動車整備工場である。

「どうしたの？」

蛍光灯の光にほのかに照らされて茉莉がソファに横たわっていると、高倉が歩み寄ってきて優しい声をかけた。遠目に茉莉が涙ぐんでいたように見えたからだ。

「別に……」

茉莉は体を起こした。

「あと三日の辛抱だよ」

労《いたわ》るように高倉が言った。そこに荒々しい音をたててドアを押し開け、何者かが息を切らして入ってきた。

「遅かったじゃない」

高倉がわずかに苛立ちを含ませた声を上げる。

「いや、まいった。危ねえとこだった」

スウェットのパーカーを着た脇田が呼吸を調えながらスツールに腰を下ろした。

「どうした？」

高倉が眉を顰ませる。

「悪い。着替え取ってこれなかった」

脇田が茉莉に頭を下げた。

「は？　どうして？」

茉莉が険しい顔で問い詰めた。

そのとき、ドアがガタンと音を立てて開き、捜査一課の三人が入ってきた。それを見るなり脇田が血相を変えて床に転がっている鉄パイプを摑んで投げつける。

「おい！　なんでつけてきたんだよ！」

鉄パイプを握って抵抗する脇田は、三人がかりで来る刑事に難なく手錠をはめられた。

その後ろから入ってきた右京が捕り物の喧騒を余所にスタスタと歩み出て、目前の光景を唖然として見ていた茉莉の前に立った。

「ご無事で何よりです。特にお顔に怪我もないようで」

右京の皮肉にすべてが見通されていると気付いた茉莉は、俯いて唇を嚙み悔し涙を押し殺した。尊は脇のテーブルに置かれていた化粧ポーチを取り上げ、そんな茉莉を見下ろした。

九

警視庁の取調室では捜査一課の三人が脇田を厳しく尋問していた。

「パスポートと運転免許証を入手するために今宮幸夫さんを殺害した。そうだろ?」まずは伊丹が穏やかを装って訊ねる。

「おまえが今宮さんの首絞めて殺したんだろ!」続いて三浦が激しく机を叩いた。

「本多篤人と同年代の今宮幸夫さんを、彼女が結婚相談所で探し出した。それは間違いねえだろうが!」

伊丹が胸倉を摑むと、それを振り払った脇田の口から「チッ、触るんじゃねえよ」と悪態が漏れた。

「なんだと、この野郎! じゃあよ、おまえの仲間の高倉のこと、聞かせてもらおうか」

伊丹が脇田の耳元に口を寄せ、ドスの利いた声で詰め寄る。

「大資産家の息子で、おまけに大学の助手の高倉を、おまえの方から言葉巧みにそそのかして巻き込んだ。違うか？」

　正面からにじり寄ってきた三浦を暗い目で睨みつけていた脇田が、いきなり三浦の額に頭突きを食らわした。

　驚いた伊丹と芹沢が、のけ反る三浦にさらに飛びかかろうとする脇田を必死に羽交い締めにした。


　別室では捜査一課の他の刑事が高倉を締め上げていた。高倉は始終落ち着いた態度を崩さず、穏やかに、いや、むしろ楽しそうに受け答えていた。

「そうです。殺したのは脇田。でも殺害方法は知りません。彼に訊いてくださいよ。ぼくたちは適材適所、分業制なんですから。ナンバープレートの偽造も、パスポートの偽造も、運転免許証の偽造も脇田です。なんてったって手先が器用ですから、彼は。でも、偽造したパスポートの出国記録データを改ざんしたのはぼくなんです。それは脇田じゃできません。ハハハ」

　得意げにそう言って椅子にふんぞり返り、不敵な笑い声をたてた。

　またもうひとつの部屋では右京と尊が茉莉を取り調べていた。

「父親なんて関係ない、みたいなことを言ってたよね？　その父親を呼び戻してテロなんかさせて、どうするつもりだったの？」

尊が穏やかに訊ねる。口を閉ざしたままの茉莉の正面に座った右京が呟いた。

「一種の復讐でしょうかねえ？」

「復讐？」

尊が問い返すと、すかさず茉莉が吐き捨てるように言った。

「そうよ。本多篤人の娘ってだけで、さんざん嫌な思いをしてきたわ」

「お察しします。〝早瀬茉莉〟……お母様の姓を名乗って生きるしかなかったんですね。過去にいろいろご苦労なさいました？」

茉莉の言葉をやんわりと受け止め、右京が訊ねる。

「一緒に暮らしたことすらない父親のためにね！」

怒りを秘めた低い声が、茉莉の口から絞り出された。

「待ってください。本多に改めてテロをさせることは復讐になるんですか？」

右京にでもなく茉莉にでもなく、尊が疑義を呈した。

「これを読めばわかります。実は昨日、あなたの部屋を調べていた時、これを発見しました。消印によると、届いたのは一年ほど前。お母様宛ての手紙ですね」

右京が内ポケットから航空便で出された白い封筒を取り出した。それは茉莉の部屋にあった記念アルバムに挟まれていたものだった。

「母はとっくに死んだわ。そんなことも知らずに、あいつ……」

茉莉は顔を背けて憎々しげに言った。

「お母様が亡くなったのは十年ぐらい前ですかね？」

「九年前」

右京の言葉を間髪容れずに茉莉が訂正する。

「あなたが成人した頃でしょうかね？」

「そうよ」

「そうですか」

何かが腑に落ちたように、右京が頷いた。

「それ、差出人は本多ですか？」

尊が右京の手のなかの封筒を指す。

「名前はどこにもありませんが、手紙の内容からして間違いありません。後悔をつづった手紙です」

右京から受け取った封筒のなかから便箋をとり出し、尊が音読した。

《きみが知っている俺は、かつて革命家と呼ばれた左翼運動のリーダーだった。当時、俺は本気で世の中を変えてやろうと思っていた。その志に嘘偽りはなかった。しかし、今にして思えば、その方法を誤った。革命の名のもとに、たくさんの無辜《むこ》の命を犠牲に

したことを、俺は今、痛烈に後悔している……》

「この手紙が、あなたに復讐を決意させたのではありませんかね？」

右京が静かに茉莉に訊ねる。すると今まで押し殺してきた怒りが堰を切ったように、茉莉は激しい語調で本多篤人を罵った。

「こんな身勝手な手紙ってある？　今さら後悔されたってどうしようもないじゃない。あんたが後悔するまでの何十年間、こっちがどれだけ苦労したと思ってんのよ！」

「ええ。この手紙で、あなたのなかに鬱積していた怒りが爆発したんです。そのように本多篤人は自らの過去を激しく後悔しています。ならば、その後悔していることを再び繰り返させるのは、相当こたえる仕打ちになりませんかね？」尊に向かって語りかけた右京は視線を茉莉に移し、続けた。「十分復讐になりますよ。それも、かなり残酷な」

先ほど激しく興奮した名残か、わずかに涙を浮かべた瞳で、茉莉は右京を睨み返した。

十

湾岸の倉庫地帯。夜の暗い海を見遣りながら、男ふたりが立っている。

「茉莉が俺を陥れようとしたっていうのか」

低くうめくような声で、本多篤人がもうひとりの男に訊ねた。

「きみを相当憎んでるみたい」

重い内容の言葉をサラリと軽く発したのは、小野田公顕だった。

――あんな奴、もっともっと後悔してから死刑になればいいんだわ！

右京と尊が茉莉を取り調べているところをマジックミラー越しに見ていた小野田は、最後に捨てぜりふのように叫ぶ茉莉の姿が瞼に焼き付いて離れなかった。

「あの男どもは何者なんだ？」

深い溜め息をついた本多が再び訊ねた。

「ひとりは高倉俊司。永林《えいりん》学園大学の政経学部で助手をやってる男でね、茉莉さんがきみの娘だと知って彼女に近づいたらしい。特にきみのファンらしいよ。で、あとひとりは脇田輝之。高倉俊司の幼なじみで、暴走族上がり。今は整備工をしている。茉莉さんはきみへの復讐のため、高倉俊司は六〇年代、七〇年代の新左翼による武装闘争の再現を夢見て、互いの利害が一致して今回のことを実行したんだよ」ふたりのプロフィールをあらかた紹介した小野田は、本多に正面から向き合って訊ねた。「いつ、どこを狙う計画だったの？　もう教えてくれてもいいでしょう。ぼくだって相当のリスクを冒してこんな真似してるんだから」

本多は煙草をくわえ、ライターで火をつけて、ようやく重い口を開いた。

「三日後……いや、もう零時回ったから二日後だ。場所は、迎賓館」

「迎賓館？　国際オリンピック委員会《IOC》の視察団の歓迎晩餐会かな？」

「ああ」

本多は煙を吐き出しながら頷いた。

「もう実行するつもりはないよね？」

「もちろん」

本多はきっぱりと言い切った。

「アジトも教えてもらえるかな？　今回もお得意の爆破でしょ？　製造した爆弾を回収したいんで」

世間話でもするような軽い口調だが、その実、有無を言わせぬいつもの話法で小野田が詰め寄った。

「新芝浦埠頭。鴻上《こうがみ》倉庫の跡地だ」

小野田はその場所を小声で繰り返し、「ありがとう。じゃあ……」とその場を去ろうとしかけたが、数メートルのところで本多を振り返った。

「また会うことがあったとしても、その時は確実に檻の内と外だからね」

「きみの友情に感謝する」

再び立ち去る小野田に本多が声をかける。小野田は踵を返し、一瞬だけ本多を見つめ返してから言った。

「いや、同情かもしれない。落ちぶれ果てた革命戦士への」

その苦い言葉を噛みしめるように一服深く煙草を吹かしてから、本多は手にした吸いかけの煙草を、歩き出した小野田の背中を目がけるかのように投げつけた。

振り返りもせずに歩き、その場からかなり離れたところで小野田は独り言のように言った。

「よく聞こえてた？　あとはきみたちに任せます」

スーツの襟の裏に隠しマイクを付けていたのだ。

「新芝浦埠頭、鴻上倉庫跡にはサクラ班が向かっています。ターゲットの追跡も開始します」

公安捜査員が応えた。

「ターゲットの確保は爆弾を確認してからね。正直に話したかどうか、確証はないから」

「わかってます」

マイクの向こうから慌ただしく行動を開始する様子が伝わってきた。

小野田が乗った黒塗りの公用車が湾岸の倉庫地帯からかなり離れたところで、小野田の携帯が鳴った。

――やっぱり食えない野郎だな。まあ、昔からきみはズルだったから。

先ほど別れた本多だった。

「それはお互い様でしょ。つい、今しがた連絡があってね、部屋に爆弾なかったよ」

公安捜査員が早速現場を洗ったが、爆弾製造の痕はあれども爆弾そのものはなかった、との報告を受けたばかりだった。

——そうか、それは残念だな。こっちはついてきたゴキブリを二匹、退治したとこだ。

あれから地下鉄で移動していた本多は、スーツ姿のふたりの男にずっと尾行されているのに気付いていた。駅の階段を上ったところで人気《ひとけ》のない場所に誘い込み、瞬時のうちにふたりを倒したのだった。

「二対一でよく勝てたね」

つゆほども動じない態度で、小野田が応えた。

——いいか、小野田。海外逃亡ったって、そう簡単な話じゃないんだ。油断すりゃ、すぐ捕まる。そんななかで、最も安全な場所はどこか知ってるか？　紛争地帯の最前線だよ。そこまでは警察の手も及ばない。そんな暮らしをしてりゃあ、嫌でも身を守る術《すべ》は身につくさ。

本多はそこまで一気に語ると、電話の向こうの小野田の反応を確かめるようにワンテンポ置いてから続けた。

——取引しないか？

「あいにくテロリストとは交渉しないことになってるんだ」

小野田は相変わらずしれっとした口調でかわした。

——なら、どっかが吹っ飛ぶぞ。

「テロには屈しないことになってる」

——ハッハ……勇ましいな。でも、俺の首は欲しいだろ？

本多のその言葉に、小野田は初めて身を乗り出した。

小野田から連絡を受けた公安捜査員が一斉にアジトに向かい無抵抗の本多篤人の身柄を拘束したのは、翌朝のことだった。

同時に警視庁に拘束されていた早瀬茉莉は釈放、高倉俊司、脇田輝之の身柄は、公安部に引き渡されることになった。

十一

長く国際手配されていた左翼過激派〝赤いカナリア〟の本多篤人が、警視庁公安部によって逮捕されたというニュースは、たちまちメディアを沸き上がらせた。

その事実を知った右京と尊は警察庁に赴き、小野田を訪ねた。

「早瀬茉莉の釈放が取引の条件ですか」

右京が早速、水を向ける。

「取引って？」

官房長室の椅子にどっかりと座った小野田は、しらばくれて聞き返した。

「本多篤人と取引があったことは明白です。あの茶番のような逮捕劇、そして早瀬茉莉の釈放……」

右京が詰め寄る。

「だって早瀬茉莉は被害者でしょ、人質だったんだから。拘束する理由がない」当然のことばかりに、小野田は右京を見返して椅子を立ち、来客用のソファに席を移した。

「すべてを承知している人に申し上げるのは、いささか間の抜けた感が否めませんが、早瀬茉莉は今回のテロ未遂事件の実行犯です。同時に、今宮幸夫殺害に関与している疑いもある」

右京もソファに座を移し、小野田の隣に座った。

「証拠は？」

小野田が右京をジロリと睨んだ。

「物証はありませんが、状況証拠なら官房長、あなたがお持ちのはずですが」

「ぼくが？」小野田は怪訝な顔をした。

「本多篤人から転送されてきた動画。早瀬茉莉の顔には殴られた跡があったはずです。

一晩やそこらで消えてなくなるはずのない跡が。拉致監禁が狂言だったことの状況証拠としては十分だと思いますよ」

「あいにく、あの動画は消しちゃったもんで」

やはり食えない小野田である。

「なるほど。きみの携帯には残ってますね？」

右京は先ほどから黙って立っている尊を見た。

「すみません」尊が頭を垂れる。

「きみも消しましたか」右京は意外な顔で尊を見た。

「官房長の命令だったので、ゆうべ。優先順位ですよ」

「はい？」右京がトゲのある声で聞き返した。

「どっちも手に入れたいけど、どっちかしか手に入らないんなら、優先順位の高い方を選ぶ。本多篤人とその娘じゃ、秤にかけるまでもなく本多篤人です。仮にですよ、娘の方が殺人を犯していたとしても、やはり優先順位は本多篤人です。殺人犯のひとりやふたり捕まえ損なったって大勢に影響はない。しかし、テロリストを放っておくことは、国家の存亡に関わる」

「それはきみの意見ですか？」

右京はソファから立ち上がって尊を睨んだ。

「いえ、ご存じでしょ？　公安部の基本的な考え方です。まあ、国家警察の自負といったところでしょうか」

「その考え方をきみは支持しているんですか？」

尊は真っ向から非難の声を浴びせてくる右京をそらすように言った。

「フッ。ぼくは立場で考え方を変えます。柔軟に」

そんなふたりのやりとりを見ながら、小野田が取り成すように、「まあ、考えようによっては、娘のおかげで本多篤人を逮捕できたとも言える。柔軟に考えればね」とまとめた。

十二

「ちょっと確認したいことがあるのですが、よろしいですか？」

釈放された茉莉のマンションをひとりで訪れた右京は、怪訝な顔でドアを開けた茉莉に言った。

「確認？」

「ええ」

あまり歓迎すべき来客でもないが、茉莉は右京を招じ入れた。

部屋に入るなり右京は勝手知ったる様子でずいずいと奥に進み入り、茉莉の成長をつづったアルバムを嬉しそうに手にした。

「これです。実は、あなたとお父上との想いの差がずっと気になっていたのですが、これを発見した時、ひょっとしてと思いましてね。これはお母様がお作りになったアルバムではありませんか？」

「そうですけど……」

右京の意図するところを量りかねた茉莉は、曖昧に頷いた。

「タイトルが〝ＭＡＲＩ〟ですからねえ。本多篤人はこの写真によって、遠い異国の地にいながらも、あなたのことを想っていたのではありませんかねえ？」

「はい？」

今度は右京の言葉の意味がわからず、茉莉は眉を顰めて聞き返した。

「最後の写真がこれです」そう言って右京はアルバムの最後のページに挟んであった二枚の成人式の写真を摘み上げた。「どうして他は一枚ずつなのに、これだけ二枚あるのか？　不思議に思いました。確か、ちょうどこの頃、お母様は亡くなった。そうでしたね？」

「ええ」

「だから二枚残ってしまったんですよ。本来ならば一枚は本多篤人に送られるはずだった。そして残りの一枚は他の写真と同様に、きちんとこのページに貼られるはずだった」

右京の言わんとしていることに思い当たり、茉莉は呆然とした。

「お母様は、あなたの成長していく姿をずっと送り続けていたんです。本多篤人に。彼にとってあなたは、ずっと成長を見守ってきた愛する娘だったわけですよ。だからその娘のために、今回、危険を冒した。そして最後には、身を滅ぼしてまであなたを救ったんです」

窓辺に歩み寄り外に目を遣りながら右京の説を聞いていた茉莉はくるりと右京を振り返り、嘲笑うような口調でこう言った。

「ハッ、そんな父親に感謝しろとでも？」

「あなたにとっては生物学的な意味合いしか持たない父親ですがね」

右京から目を離し、怒りに燃える眼差しを床に落として茉莉は激しく罵った。

「早く死刑になればいいんだわ。自分のしたことを大いに後悔しながら」

「しかし、生物学的意味合いしか持たない父親に対して、今回のような大それた真似をしますかね？」その言葉を聞いて、茉莉は右京を激しい視線で睨んだ。「テロリストの娘として嫌な目に遭ってきた、その恨みだけでこんな真似をするでしょうか？　どうもぼくは、今回の犯行の動機には、もっと違う感情が潜んでいるような気がしてならないんですよ」

「違う感情ってなんですか？」

右京の指摘は茉莉のなかの何かに踏み込んだようだった。

「おっしゃっていたように、あの懺悔の手紙があなたの怒りを爆発させたことは間違いないでしょう。しかしそれは、テロリストの娘として嫌な目に遭ってきた怒りではなかった。むしろ、愛する者に裏切られた思い。その怒りだったのではないでしょうか？　あなたにとってお父上はヒーローだったのではありませんか？　そのヒーローがある日、自らの過去を悔いる手紙を送ってきた。それがあなたの逆鱗《げきりん》に触れたんです」

怒りに歪んでいたかに見えた茉莉の表情から、一枚ベールが剝がれたようだった。蒼ざめた顔で、どこか過去の遠いところを思い浮かべているようだった。茉莉の胸のうちには、母親のゆかりがいつも口癖のように言っていた言葉がリフレーンしていた。

――パパは人殺しなんかじゃない。悪い人をやっつけてるの。この世の中をよくしようとしてるのよ。みんなが楽しく幸せに暮らせるように。だから茉莉も前を向いて。しっかり前向いて、胸張って歩くの。

まだ幼かった茉莉は、この言葉を聞くとゆかりに必ずこう訊いたものだった。

――パパは正義の味方？

するとゆかりは嬉しそうに深く頷くのだった。

「むろん、すべてぼくの想像です。否定されれば検証のしようもない。しかし、その方がずっと腑に落ちるんですよ」

茉莉は壁に掛けられた母親の写真に歩み寄り、その前に跪《ひざまず》き放心したように呟いた。

「母は、早く死んでよかった。あんな情けない手紙、読まずに済んだもん」

茉莉の頰に一筋の涙が光った。

「結果的に、お父上はあなたの望みどおりになりましたが、これで満足ですか？」

傍らに立った右京が静かにそう言うと、涙に濡れた茉莉の瞳が言いようのない憂愁の色を浮かべた。


都心の高層ビルの一角。深夜のワインバーはかなり遅い時間にもかかわらず、程よい感じで賑わっていた。正面の窓から都会の夜景が見渡せるボックス席に座り、尊はひとりワイングラスを傾けながら、ノートパソコンの開いた画面を見つめていた。

「待たせたな」

そこへ現れたのは、首席監察官の大河内《おおこうち》春樹だった。

「ああ、いえいえ。こちらこそ、なかなか時間とれなくてすみません」

尊はパソコンの画面を閉じ、体を少し脇にずらしてソファの隣に大河内を招き入れた。

「電話で話したとおり、おまえが特命係に飛ばされてきたことが、どうしても腑に落ちん」

大河内は旧知の仲とも思える口ぶりで、尊に話しかけた。

「フフッ。相変わらずせっかちですね。なんか頼んでから話しましょうよ」

軽く窘《たしな》めるように接する尊の態度からも、ふたりの親密な関係が窺える。

「おまえがあそこに飛ばされるようなヘマをするとは思えないんだ」

大河内はテーブルの角に視線を泳がせて、早口で言った。

「実は、杉下右京を警察から追い出すために派遣されたんです……とでも言えば信じますか？」

どこまでが本気でどこまでが冗談なのかわからない口調で尊が聞き返した。

「いや、信じない。さすがのおまえでもそれほどの力はない」

「あっ、十年前の俺とは違いますよ。ぐっと成長したかも」

「いくら成長していても、杉下右京にはかなわない」

おちょくるような態度の尊を前にしても、大河内の真面目な表情は崩れなかった。

「じゃあ、本当に追い出すことになったら、協力してくださいよ。ふたりがかりなら勝てるでしょ」

「本当なのか？」

大河内は目を瞠《みは》らせて尊の顔を見た。

「フフフフ、嘘ですよ。ホントだったら、こんなことペラペラしゃべりませんよ。ヘマして飛ばされた哀れな神戸です」

深刻な大河内を煙に巻いた尊は、愉快そうに笑いながらおつまみのミックスナッツを口に放り込んでバリバリと噛み砕いた。


翌朝の特命係の小部屋。右京がいつものごとくモーニングティーを淹れていると、登庁時間ぎりぎりに尊がやってきた。

「いやいや、ゆうべ飲みすぎちゃって」

挨拶を交わしたあと、尊は言い訳のように呟いてドア脇の木札をひっくり返した。

「はい？」

いかにも興味がなさそうに右京が相づちを打つ。

「そういえば、別れた奥さんって、小料理屋さんやってるんですよね？」

ゆうべの酔いがまだわずかに残っているのか、尊は陽気に右京に訊ねる。

「それがどうかしましたか？」

憮然とする右京を余所に、尊は調子に乗って続けた。

「今度、連れてってくださいよ」

「なぜですか？」

冷たく言い放つ右京に、尊は口を尖らせる。

「なぜ？　なぜって……いや、飲みに行きたいだけですけど。こうして同じ職場で働く上司と部下、取り立てて特別なことじゃありませんよね？　いけませんか？」

「機会があれば」

この話題を一刻でも早く打ち切りたそうな様子で、右京がぶっきらぼうに応じる。

「機会は積極的に作らなきゃ。お願いしますね」

自席の椅子に腰を下ろした尊は、からかい甲斐のある上司を見上げてニヤリと笑った。

第二話
「さよなら、バードランド」

一

ここは夕暮れ近い奥多摩の温泉郷。中心を流れる大きな川に橋が架かっている。その橋を渡ると決して大きくはないが趣のある温泉旅館が数軒ならび、それらの宿にちらほらと灯がともり始めた。都心からほんの一時間あまり車を飛ばせばこんな静かな場所に来られるのだから、東京もまんざら捨てたものではない。

その大きな川の川下の土手を、いかにも場違いな服装をした男たちふたりが歩いている。ひとりは英国調のグレーのスーツに身を固めたオールバックの男。そしてもうひとりは細身の黒いジャケットとパンツをスタイリッシュに着こなした心持ち若めの男……前者が警視庁特命係の警部、杉下右京であり、後者が同じく特命係の警部補、神戸尊《かんべたける》であった。

そんな服装で土手の草むらを歩いていること自体が場違いだが、さらに尊のほうは五十センチ四方はありそうな大きな風呂敷包みを両手に抱えている。

「お、おーっととと」

土手のぬかるみに足をとられて、尊は危うく風呂敷包みを落としそうになった。

「あ、橋が！」

右京が小さな叫び声を上げた。指さす方を尊が見上げると川の上に細いつり橋が架かっていた。この橋が目的地に向かう目印だったのだ。

「証拠品を民間人の家に返しに行くことまで特命係の仕事とは驚きですよ、ハハッ」

土手をよじ登って橋を渡る途中、風呂敷包みをしかと持ち直して尊は自嘲気味に笑った。

「証拠品を返しに行く途中で道に迷ってしまうことの方が、ぼくには驚きですよ。きみ、お地蔵様のところで、左が近道だと言いましたよね？」

確かにそうだった。バスから降りて目的地に向かう途中で分岐点があったのだが、尊が自信たっぷりに左だと言うので、疑いもせずそれに従ったのだった。

「重っ！　この証拠品、重いですね。なんなんです？」

分が悪くなった尊が、わざとらしく腰を落とした。

「おやおや、露骨に話題を変えましたね。これは木下太吉さん宅から盗まれた大正時代の福助人形です」

「まっ、ぼくには価値がわかりませんが」

「価値があるからこそ、きみの運転はご遠慮申し上げてバスで来たんです」

尊を振り返った右京は、皮肉を込めて言った。

橋を渡り、今度こそ目的の木下さん宅を探し当てたふたりは、無事証拠品を返し帰路

につ いた。

「とにもかくにも、福助人形をお返しできて何よりでした」

安堵の吐息をついた右京の頬が少し緩む。

「そうですね。どうやらバスが通る道にも出たようですし」

重い荷物から解放された尊が同調してそう言いかけたとき、その幹線道路を向こうから走ってくるバスが見えた。

「ありゃあ、バス！」

尊の叫び声と同時に全力でダッシュしたふたりだったが、停留所にはひとりも乗客がいなかったらしく、バスは停まることなく通り過ぎてしまった。

「あーあ」

ふたりの口から絶望の溜め息が漏れる。

「今の五時四十五分のが、駅に行く上りの最終だったみたいですね」

息を調えた尊が腕時計を見て言った。

「ええ。お地蔵様のところで少し遠回りをしてしまいましたからねえ」

右京が恨めしそうに言い募る。

「あくまでぼくのせいにする腹積もりですね」

いじける尊に右京が訊ねた。

「きみ、今日何か食べましたか？」

「いいえ、何も」

実は尊も先ほどから腹が鳴って仕方がなかったのだった。


歩いてほどないところに見つけたロッジ風のレストランで意外に本格的なビーフシチューを食べ大満足したふたりは、最終が遅い下りのバスに乗り、終点にある温泉旅館に投宿することに決めた。

「初めから温泉に泊まるつもりだったんじゃないんですか？」

バスを降り旅館に向かって歩きながら尊が意地の悪い穿鑿《せんさく》をするが、右京は即答した。

「そのつもりなら、きみとは来ません」

にべもなくあしらわれた尊が、そっぽを向く。

「そう願いたいですね。ぼくは温泉が嫌いなんです」

ようやく旅館の門が見えてきたのだが、どこか様子が変である。門をくぐるとそこには数台のパトカーが居並び、大勢の警察官がせわしげに動いていた。

「おやおや、どうしたのでしょう」

玄関に近づこうとすると制服を着た警官に呼び止められたので、すかさず右京がポケットから警察手帳を出して示すと、警官は恐縮して敬礼を返してきた。そのとき背後からエンジン音が聞こえ、強いヘッドライトの明かりがふたりを照らした。

「ちょっと。ちょっと、すいません」

警備をしていた警官がその車を止める。

「なんですか？」

ウィンドーを下げて、男が首を出した。

「すいません。今、なか、入れないんですよ」別の警官が応えた。

「いや、宿泊なんですけど……何かあったんですか？」

右京は背伸びして遠目にその人物の顔を確かめた。車に見覚えがあったからだが、案の定、先ほどロッジ風のレストランで食事をしたとき、隣のテーブルにいた男だった。

騒ぎの原因は、宿に泊まっていた人物が遺体で発見されたからだった。どうやら殺人らしいということで、地元の奥多摩署の刑事とともに捜査一課の伊丹憲一、三浦信輔、芹沢慶二の三人もこぞって現場に来ていた。

「チッ。背後から一撃か」伊丹が顔を顰《しか》めた。

被害者は浴衣を着て座イスの上で横向きに倒れていた。後頭部は割れていて、血糊がべったりと髪についている。被害者の名前は広田哲夫。若手の実業家である。どうやら部屋で仕事をしていたらしく、座卓の上にはパソコンが開かれたまま置いてあった。

「凶器はこの青銅の置物ですねえ」

こちらもいち早く現場に駆けつけた鑑識課の米沢守が、血糊がついた置物を持ち上げた。

「部屋の調度品か。こいつに指紋は?」伊丹が険しい顔で訊ねる。

「ありませんでした。犯人はおそらく手袋か何かをしていたものかと思われます」

「被害者《ガイシャ》が最後に生きた姿を目撃されたのは、仲居が食前酒を持っていった午後五時半頃。で、死体発見が午後六時だから、犯行時間は五時半から六時までの約三十分間か」

三浦が時間の経過を整理する。そこへ意外な人物が庭の方からぬっと現れた。

「犯人は庭から侵入したのだと思いますよ」

杉下右京だった。

「なっ、なんで?」三浦が絶句した。

「被害者の様子から見て、犯人を部屋に招き入れたとは思えません。入り口から入ると、被害者と正面に向き合ってしまいますからねえ」

現場の状況からひと目で推理する右京の頭の回転の速さも驚きだったが、三浦の驚きはまた別のところにあった。

「いや、警部殿、なんでここに?」

「この近くまで証拠品を返しに来たのですが……」

「ぼくがお地蔵様のところで、左が近道ですと言ったせいで最終のバスを逃して、ここに泊まることになりました。ハハ」

右京の後から部屋に上がった尊が自嘲気味に続けた。相当根に持つタイプらしい。

「先輩！　リストに載っていた男がここに泊まってます」

帳場を調べていた芹沢が息を切らして部屋に飛び込んできた。

「何っ⁉」

伊丹が血相を変える。芹沢が指さしたパソコンの画面には何かの名簿のような表が示されていた。

「それはなんのリストですか？」

右京がしれっと訊ねる。

「このリストは……えっ⁉」

訊かれるまま説明しようとした芹沢は、声の主を見て思わず舌を噛みそうになった。

「おい、相手にすんな」伊丹が芹沢を押さえ込む。

「行くぞ、おい」

まだ状況を理解できない芹沢を、伊丹と三浦が引っぱって部屋を出ていった。三人がいなくなったのを見て、米沢がこっそりと近づいてきて告げ口した。

「リストというのは、被害者のノートパソコンに入っていた出資打ち切り予定の会社リストのことです」

二

出資打ち切りリストに載っていた宿泊客というのは青柳和樹という名前で、先ほど右京と尊の後ろから車でやってきた男だった。捜査一課の三人は早速青柳を旅館のロビーに呼び出し事情聴取を始めた。

「青柳さんは『バードランド』というジャズの専門誌を出す出版社を経営されてますね？」伊丹が訊ねる。

「出資打ち切りの件でしたら、私は納得しています。もちろん、残念ではありますが、仕方のないことですから」

被害者があの広田と知った青柳は、まずこの線から訊かれるに違いないと踏んでいたようで、淀むところなく答えた。

「この旅館には、なんのご用で？」と三浦。

「大学時代のジャズ研の同窓会です。三年に一度、友人三人と泊まりがけでやることにしているんです。『バードランド』も元はジャズ研で作った同人誌が原点です」

「失礼ですが、今日の午後五時半から六時の間、どちらに？」

伊丹が犯行時間のアリバイを確認する。

「レストラン〈ウォールナット〉です」

答えたのは青柳ではなかった。

「またですかあ、警部殿」

三浦が吐き捨てるように言う。知らぬ間に伊丹の背後に右京と尊が立っていたのだ。

「われわれがレストランに入ったのが、上りの最終バスが出た五時四十五分過ぎ。レストランからここまで、車で三十分はかかります。つまり青柳さんに犯行は不可能です」

右京と尊がビーフシチューを食べたレストランが〈ウォールナット〉だったのだ。

「ああ、警部が言うなら間違いないっスね」

素直に頷く芹沢の頭を伊丹が小突く。またまた特命係に先を越された感のある伊丹は芹沢と三浦を促し、青柳への聴取を切り上げて奥の方へ去っていった。

「ご苦労さまです」

白々しく頭を下げる尊にますます腹を立てた伊丹は、顔を歪めて三浦に毒づいた。

「あれは俺の背後霊かなんかかよっ！」

「まあまあ。容疑者がひとり減ったわけだから」

三浦が宥めるが伊丹の不機嫌は収まりそうになかった。

「あなた方は警察の方だったんですか？」

ロビーに残された青柳は右京と尊を改めて眺めた。どうやらふたりを覚えていたようである。

「ええ。あっ、ひとつよろしいですか?」

右京が右手の人差し指を立てた。

「どうぞ」

「旅館に来る前に、どうしてレストランでお食事されていたのでしょう? 夜は同窓会で、お友達と宴会だったそうですね」

思わぬ質問だったが、青柳は即答した。

「ご存じのとおり、私は間もなく会社を失う状態にありましたから、友人と顔を合わせるのが躊躇《ためら》われて、いっそ帰ろうかと思ってたんです」

「ところが、やはりお友達の顔が見たくなった?」

「ええ」

青柳はラフなベージュのジャケットの襟を照れ臭そうに直した。

次に右京と尊は青柳に案内を請うて、大学のジャズ研の仲間という三人のいる部屋に向かった。

「われわれ、お邪魔ではありませんでしたか?」

座卓の一角に正座した右京が慇懃に訊ねる。

「ああ、いえいえ。青柳の嫌疑を晴らしてくれた刑事さんなんですから、もう大歓迎ですよ」

いかにも人当たりのよさそうな男が明るく笑って応えた。青柳がその男をはじめ仲間全員をふたりの刑事に紹介する。

「彼は渡辺政雄。九段商事で営業の仕事をしてます」

次に青柳が指したのは、縁側に置かれた椅子に座っている細身の男だった。

「彼は黒木芳彦。オフィス黒木の代表でＣＭプランナー」

手にしたワイングラスをかざして目礼する気取ったしぐさからは、広告関係独特の業界臭が感じられた。

最後に紹介されたのは、ちょっと神経質そうな学究肌の男だった。

「彼は宇野宗一郎。東都大の准教授で、アメリカ文化史が専門です」

それを受けて黒木が横からからかい気味に付け加える。

「こいつは生意気に本なんかも出してて、もうすぐ教授になるらしいですよ」

「やめろよ」宇野が黒木の軽口をいましめるように厳しい口調で遮ると、気まずい雰囲気が部屋を覆った。

「しかし、いきなりこんな事件が起きて、皆さん、驚かれたでしょうねえ？」

右京のひと言に皆一様にホッとした表情で同意を示した。

「そりゃあ、殺人事件なんか身近でちょくちょく起こりませんからねえ。でも、終わりよければ全てよし……ってね」

黒木が意味深な言葉を吐いた。

「ん？　終わりよければ？」尊が聞き返す。

「今さらとぼけないで下さいよ。その広田って人が殺されたおかげで、青柳の雑誌が廃刊にならずに済むんだから。それで青柳が疑われたんでしょ？」

黒木が訳知り顔でニヤッと笑う。

「では、皆さん、青柳さんの事情はご存じなんですね？」

右京が確認するように訊いた。

「まあ、会うのは三年ぶりでも、それぐらいはね」

黒木が目配せすると、宇野も同調して応えた。

「『バードランド』みたいな雑誌は、廃刊が時代の流れですよ。青柳、おまえだってわかってるだろ？」

「そうかもしれないな」

青柳は少し複雑な表情で横を向いた。

「あっ、刑事さん。ぼくたちね、学生時代はジャズの批評だけじゃなくて、プレーヤーとして組んで演奏もしてたんですよ」

　辛気臭くなった部屋の空気を変えるように、渡辺が明るい声をあげた。

「おお、それは素晴らしい。ちなみに皆さん、どんな楽器を？」

　右京が興味津々な様子で問い返すと、黒木が答えた。

「俺がトランペットで、青柳がサックス。で、宇野がベースで、渡辺がドラムス」

「この黒木のアドリブがすごいもんでしてねえ。この野郎、ライブのセッションの途中に新しいコード展開を思いついたら、もう、いつもその場でプーって始めちゃうんですから」

　渡辺の楽しげな解説を受け、右京が持ち前の博識を披露する。

「あっ、ところで、黒木さんのトランペットに青柳さんのサックス、フロントが二管いてリズムセクションがベースとドラムスだけというのは変わった編成ですねえ。あ、もっとも一九五二年のジェリー・マリガン・カルテットのような例外はありますが、通常ジャズコンボのリズムセクションはベース、ドラムス、そしてピアノですねえ？」

「結構詳しいじゃないの、刑事さん」黒木が目を丸くした。

「恐縮です」

「確かに、もうひとりいましたよ、ピアノが。山崎梨絵。今は黒木梨絵になっているがね」

渡辺と黒木のノリとは一線を画した感じの宇野が、言外に何かを含めるような低い声で答えた。

「あのう、奥様はなぜ同窓会にいらっしゃらないんでしょう?」重い空気にひるんだ尊が、それを押して訊ねると、夫の黒木が答えた。

「あいつはこんな男だらけの集まりに来るより、家でピアノを弾いてるほうが好きなタチでね」

そんなやりとりを先ほどから黙って聞いていた青柳がビールのグラスを置いて立ち上がった。

「杉下さん、そろそろ本題に入りませんか?」

「はい?」右京が青柳の顔を見上げる。

「おふたりは事件のことを調べにいらしたんでしょ?」

その言葉に驚いたのは渡辺だった。

「青柳の嫌疑は、もう晴れてるんじゃないんですか?」

「ええ。ただ一応、宿に着いてからの皆さんの行動も伺っておきたいと思いまして。形式的なものですが」

右京が慇懃に頭を下げる。

「皆さん、何時頃、こちらに到着されましたか?」

尊が内ポケットからメモ帳とペンを取り出した。

「ええと、四時頃です。あ、ぼくら三人とも黒木の車で。で、宿で少し休んで……」

渡辺が記憶をたどるように答える。

「五時頃、青柳から少し遅れると連絡が入りました」

続けた宇野の言葉を受けて、右京が青柳を向いた。

「青柳さんはどちらから電話を?」

「城山展望台のパーキングです」

「電話越しに派手に鈴虫の声が聞こえてましたよ。山に来たなって感じがしたねえ」

青柳の答えを補強するように、黒木が付け加えた。

「その電話の後、皆さん、どうなさいました?」尊が訊いた。

「ぼくは散歩に出ました」と答えた渡辺は、「おひとりで?」とすかさず尊に聞き返され、「え、はい」とひるんだ声を出した。

尊は視線を移した。

「宇野さんは?」

「風呂に入って、少し館内をうろついた後、部屋に戻ったのはサイレンを聞いてからです」

尊が頷くと、最後の黒木は訊かれる間もなく自ら口を開いた。

「俺はふたりが戻ってくるまで、ワインを飲みながら部屋でゴロゴロしてましたよ。根が怠け者なんでね」

一応の事情を聞き終わって自分たちの取った部屋に入ると、右京はたった今のことについての感想を述べた。

「あの四人の関係は、なかなか複雑なようですねえ。別々に会えば、興味深い話が聞けるかもしれません」

そう言われてみれば、どことなくギクシャクした空気が部屋に流れていた。

「いや、しかし、四人とも同じ部屋ですよ。どうやって別々にするんです?」

問い返しつつ、じっとこちらを見つめてニンマリと笑う右京の視線に、尊は嫌な予感がした。

「おや、おひとりですか?」

離れになっている大浴場から庭の通路に出たところで、黒木は右京に呼び止められた。

「あ、いや、渡辺がなかであなたの連れと話し込んでるんでね」

「ああ、彼は温泉好きなもので」右京は相好を崩し、「よろしかったら」と手にしたミネラル・ウォーターのペットボトルを差し出した。

申し訳なさそうにそれを受け取った黒木は「……って、俺を待ってたんでしょ？」と訳知り顔で笑った。

「では、単刀直入に。渡辺さんですが、青柳さんとは特に仲がよろしいようですねえ」

「うん。あれは性格もあるけど、理由もあるから」

「と申しますと？」

「十年くらい前のことだけど、渡辺の父親が先物取引でかなりの借金作っちゃってね。で、俺や宇野のところに相談に来たんだけど、まあ、俺には女房もいるし、宇野は金の貸し借りは一切しない主義だし……。その時に青柳がポンと貸してやったんですよ。あれ以来あいつ、青柳のこと、命の恩人みたいに思ってるよ」

「命の恩人……ですか」

右京は黒木の言葉を反芻した。


「しかし、話を聞いている間にのぼせますかねえ」

大浴場から戻るやいなや、額に冷たいタオルを載せて畳の上に大の字に倒れてしまった尊を見て、右京が呆れた。

「お言葉ですが、風呂で渡辺さんを引き止めておいてくれと言ったのは警部ですよ」

尊は寝たまま右手を掲げ、情けない声で言った。

「何もずっと湯船につかってなくてもよかったんですよ。で、渡辺さんのほうは何か収穫がありましたか？」

尊が渡辺から引き出したのは、かなりデリケートな問題だった。宇野が学者として最初に注目された著作である『戦後のアメリカ大衆文化』という本は、実は学生時代に青柳とふたりで書いたものが元ネタになっているというのだ。

「教授への昇進を控えた大事な時に、青柳さんがそのことで何かを言い出したら、宇野さんは困るでしょうね」

右京はそう言うと手にしていた湯飲みを置いて立ち上がった。

「ええ。青柳さんが昔の論文の原稿なんて持っていたりしたら……」尊が目を瞑《つむ》ったまま息も絶え絶えにそこまで言ってから顔を上げると、そこにはもう右京はいなかった。

「あれ？　置いてけぼりかよ」

尊は起き上がって怒りも露わに呟いた。

三

尊を部屋に残して右京がやってきたのは旅館内にあるバースペースだった。

「ブランデーをいただけますか？」

バーテンダーに注文をし、カウンターに腰かけると、斜向かいに宇野が座ってグラスを傾けていた。

「どうして私がここにいると？」

「夕方、館内をぶらついたとおっしゃっていたので」

そういえばここは旅館のなかでもちょっと隠れ家的な場所にあった。

「別に暇つぶしですよ。俺たちは二泊だし、時間はたっぷりありますから」

そこに浴衣を着た尊がやってきて、右京の隣の椅子に座った。

「氷水を差し上げて下さい」

右京がバーテンダーに頼むと、尊はそれを遮るように、「スコッチを氷なしで」と頼み直した。

「あなた方がいろいろ嗅ぎ回ってるって、黒木が面白がってましたよ」

宇野の方から話題を切り出した。

「興味深いお話をいくつか伺いました」

右京がさらりと受け応える。

「私の最初の著作の半分は青柳が書いたって話でしょ？」

宇野はうんざりするように溜め息をついた。

「事実なんですか？」

尊が問い返すと、宇野はきっぱりと言った。

「あれは私が書いたものですよ。青柳の意見も多少は参考にしましたけどね。違うというなら、あなたが証明してみたらどうですか？」

挑むような宇野の視線をやんわりと受け流し、右京が話題を変えた。

「ところで、黒木さんというのはどんな方でしょう？」

「腹のなかで上手に利己主義を育てている、自由奔放な男。四人のなかで唯一の妻帯者ですよ」

かなり辛辣な答えが返ってきた。

「奥様はピアノの梨絵さんですね？」重ねて右京が訊ねる。

「梨絵は学生時代、渡辺の彼女でね。そもそも渡辺がジャズ研に連れてきたんですよ。それを黒木が強引に奪って妻にした。黒木の女好きは周知のことで、渡辺も青柳も私も、梨絵が幸せなのかどうかあえて知ろうとせずにきたってことです」

「この二十年の間、ずっとですか？」

右京が意外な表情で訊ねた。

「二十年なんてあっという間ですよ。学生だった頃がついこの間のような気がします」

宇野は遠くを見つめるような目をした。「あの頃、俺たちのなかで一番頭が切れたのは青柳でした。ところがその青柳が、現実じゃ一冊八百五十円の本を出すのに青息吐息の中年男。やり直しはきかないんです。俺たちの誰もが……」そこまで言うと何かを吹っ切るような口調でこう締めくくった。「三年に一度、顔を合わすたびに、いい加減こんな集まりはやめにすべきだって思います」

再び自室に戻ってきた右京と尊は、いま宇野から聞いた事柄も含めてまとめてみた。

「宇野さんの著作の件、ぼくはやはりクロだと思いますね。あと、青柳さんを命の恩人だと思っている渡辺さんも怪しい。どちらから調べます？」

尊が右京に訊ねると、右京は意外なことを言った。

「ぼくは黒木さんのことを少し調べてみようと思います」

「どうしてそうなるんですか？」尊は肩透かしを食らった。

「青柳さんを除く三人のうち、明らかに嘘をついているのは黒木さんだけです」

「嘘？　えっ、黒木さんがいつ嘘をついたんです？」

虚を衝かれた尊は目を丸くして右京に問い返した。

「われわれが最初に青柳さんたちの部屋を訪ねた時です。黒木さんは確かこう言いました。『電話越しに派手に鈴虫の声が聞こえてましたよ』と。けれども電話の周波数帯は、人間の声の高さを基準にしているために、およそ三百ヘルツから三千四百ヘルツの間です。一方、鈴虫の鳴き声はおよそ四千五百ヘルツ。人間よりもかなり高いために、電話で鈴虫の声を聞くことはできないんですよ」

「知りませんでした」

度外れた右京の博識に脱帽して、尊は素直に頭を下げた。

「ええ、黒木さんも知らなかったのでしょうねえ」

「しかし、わかりませんねえ。聞こえないはずの鈴虫の声が聞こえたと嘘をついた。それが広田さん殺しとなんの関係があるんです？　黒木さんがそんな嘘をつかなくても、青柳さんには完璧なアリバイがあるし、その嘘が黒木さん自身のアリバイを保証するわけでもない。一体そんな嘘になんの意味が？」

尊が状況を整理すると、右京は待ってましたとばかりにその最後の言葉に食らいついてきた。

「それです！　黒木さんはなぜそんな嘘をついたのでしょうねえ」

四

翌日、都心に戻ってきた右京と尊は、黒木の経営する会社〈オフィス黒木〉を訪ねてみた。

「ここへはいらっしゃったことないと思うんですけど……」

右京が差し出した青柳の写真をしげしげと見て、ただひとり出社していた女性社員が答えた。

「そうですか。失礼ですが、他の皆さんは？」重ねて右京が訊ねる。

「週末なのでお休みです。私は経理の仕事が残ってたんで」

「なるほど。ああ、こちらが黒木さんのデスクですね？」

右京はフロアの奥にずんずんと進み入った。

「はい。社長は自分の物、なんでもかんでもここに入れちゃうんですよ。私たちに絶対触らせないんですけど」

両袖の大きな机には引き出しや収納スペースがふんだんにあった。

「そうですか。恐縮ですが、彼が喉が渇いているようなので、お水を一杯いただけますか？」

いきなりだしにされた尊は面食らったようだった。給湯室に引っ込む女性社員を見送って、右京に耳打ちする。

「別に喉なんか渇いてないんですが」

それを余所《よそ》に、右京は耳をそばだてるしぐさをした。

「今、動物の鳴き声が聞こえませんでしたか？」

「えっ？　いや、何も」

「聞こえましたよ。リスとかハムスターとか、このなかでしょうかねえ？」

右京は床にしゃがんで次第に黒木の机の下に潜り込んでしまった。

「ああ、ちょっと、杉下さん！」

尊が注意する間もないくらいのすばしこさだった。

「麦茶でいいですかあ？」

給湯室の方から女性社員の声が聞こえてきた。

「はい！」と応えた右京は、「神戸君」と尊に目配せしてみせた。

それでようやくこの上司が自分に何を期待しているのか理解した尊は、しぶしぶ給湯室に歩み寄って女性社員の至近距離に立った。

「あなたのような魅力的な人が側にいてくれて、黒木さんは幸運な方ですね」

尊に囁かれて顔を赤くした女性社員は、麦茶を載せたお盆を持ったまましなをつくった。

「やだっ！　最近の刑事さんってお世辞がお上手なんですね」

「正直な感想ですよ。ぼくが彼だったら仕事が手につかないな」

こういう気障《きざ》なせりふを吐かせたら、おそらく警視庁に尊の右に出る者はいないに違いない。すっかり気を許した女性社員は、ついに漏らした。

「社長にはもういるんですよ」

「えっ!?」

「若い女の子。この週末だって同窓会なんて言ってるけど、本当は別荘に、その女の子と行ってるんじゃないかしら」

「黒木さんは別荘を持ってるんですか？」

期せずしてまた新たな事実を聞き出してしまった。


「黒木さんには若い愛人がいたようです」

〈オフィス黒木〉を出たところで、尊が右京に報告した。

「ええ、聞こえましたよ。きみの歯の浮くようなせりふも」

ムッとした尊は当てつけるように付け加えた。

「ついでに、これがその歯の浮くようなせりふで聞き出した黒木さんの別荘の住所と電話番号です。引き出しにハムスターはいたんですか？」

ハムスターの代わりに右京は机の引き出しのなかから大きなプロジェクトの建設見積書を見つけてしまったのだった。

「黒木さんは近々、都内にマンションを建てるようですよ」

ふたりは早速、その見積書を出した〈嶋田建築事務所〉を訪ねることにした。

「これが黒木さんのマンションの設計図です。それから、これが完成予想図ですね」

建築事務所の所長、嶋田太郎はふたりの刑事に請われるままに関係する図面をコンピユーターのディスプレイに呼び出した。

「これは立派なマンションですねえ」

CADで作成された見事な完成予想図を見て右京が感心する。

「ええ。年明けから工事にかかる予定です」

嶋田が自慢気に言った。

「建築資金のほうは？」

尊が訊ねると、嶋田は即答した。

「この土地を担保に銀行から融資を受けるそうです」

「土地は黒木さんのものなんですか？」

重ねて尊が問う。

「この土地と今の建物は奥様の名義です」

「黒木さんご夫妻が入られるお部屋は？」

こう問いかけたのは右京だった。

「それは、ここになります」

嶋田が設計図のある一点を指さすと、右京がさらに訊いた。

「このお部屋に防音設備などは？」

その質問に、嶋田は首を傾げながら答えた。

「防音？　いえ、特別には言われていませんが」

「防音がどうかしたんですか？」

建築事務所を出て歩道を歩きながら、尊が右京に質問した。

「おかしいと思いませんか？　梨絵さんはピアノを弾くんですよ。一戸建てなら別ですが、マンションならば防音するはずです。そもそも梨絵さんは、マンションが建設されることを知っているのでしょうかねえ」

相変わらず鋭い上司である。が、尊はあえて異を唱えてみた。

「いや、しかし土地も家屋も梨絵さんのものなんですよ。彼女の同意なしにマンションを建てるのは不可能でしょう」

「ええ。ただし、なんらかの方法で黒木さんが土地家屋を相続してしまえば、話は別です」

「えっ、まさか」

右京の不穏な仄《ほの》めかしに、尊は度肝を抜かれた。

続いてふたりが赴いたのは黒木の自宅だったが、呼び鈴を押しても返事もないし、新聞受けには昨日の夕刊がささったままになっていた。

「留守のようですねえ。梨絵さんは一体どこに?」

率先して裏庭に進む右京について行きながら、尊は呟いた。そのとき右京が改めて尊を振り向き、「神戸君」と呼びかけた。

「あの旅館の近くに黒木さんの別荘がありましたね」

「ええ」

女性社員から聞き出した黒木の別荘の住所を思い浮かべながら、尊が頷いた。すると右京は何か重大なことを発見したように、声をはずませた。

「黒木さんが嘘をついていた理由がわかりました。聞こえるはずのない鈴虫の鳴き声が聞こえると言ったわけが」

「え?」

「これは交換殺人です」

「交換殺人?」

尊は煙に巻かれたような顔をした。

「昨日の夕方、電話がかかってきた時、青柳さんは展望台のパーキングではなく、黒木さんの別荘にいたんです。青柳さんからの電話は、梨絵さん殺害が完了したことを知らせる合図だった。青柳さんがレストランでアリバイを作り、黒木さんが広田さんを殺す。黒木さんが同窓会でアリバイを作り、青柳さんが梨絵さんを殺す」

「もし、そうだとすれば……」

尊にも事件の全容が摑めてきたようだった。

「ええ、梨絵さんは既に別荘で殺されている可能性が高い。急ぎましょう」

「はい！」

駆け出す右京を尊も追いかけた。

五

右京と尊は黒のスカイラインＧＴ－Ｒを飛ばし、急ぎ奥多摩の黒木の別荘に向かったのだが、着いたときにはもう日はとっくに暮れていた。

「あれ？　誰か来てるようですね」

別荘の前の空き地には乗用車がもう一台停まっていた。ペンライトを手にしたふたりは鍵のかかっていない別荘の玄関に入った。尊が電灯のスイッチを押してみたが一向に明かりはつかない。右京がブレーカーを見つけ試してみたが、どうやら停電のようで状態は変わらなかった。

「杉下さん」

ペンライトで奥を照らした尊が、半開きになっているドアに気付いた。右京とともに近づくと、そのドアは地下室に繫がっていた。ドアを開けさらに奥をペンライトで照らした瞬間、尊の口から悲鳴が漏れた。ドアに直結した鉄の階段の下で、黒木が懐中電灯を持ったまま倒れていたのだ。

「あっ、黒木さん！」

尊が急いで階段を降りようとすると、足元がグラリと傾いた。どうやらこの鉄階段は腐食してボロボロになっているようだ。危うく落ちそうになった尊が体勢を整える。

「その下も腐食しているようですねえ」

右京がペンライトで照らし出した。ふたりは注意深く手摺りを伝わりながら階段を降り、どうにか地階の床に着いた。

「階段から転落して頭を壁で強打したようですねえ」

右京が倒れている黒木の頭部を確かめ、壁についた血糊をペンライトで照らす。死体が大の苦手の尊はうめき声をあげて顔を背けながら言った。

「しかし、なぜ梨絵さんではなく黒木さんが？」

尊の疑問に答えるでもなく、右京は黒木の遺体を仔細に調べていた。ペンライトの乏しい光量では限りがあるが、それでもズボンの裾の折り返しの中に場違いな花弁が入っているのを見つけて右京はそれをライトで照らし、しげしげと見ていた。

そのとき、玄関に人が入ってくる気配がし、やがて黒木を呼ぶ渡辺の声が聞こえてきた。

「いるのか？」疑心暗鬼に訊ねているのは宇野である。その宇野が地階に繋がるドアを見つけたらしい。

「おい、ここ開いてるぜ」その声とともにドアに近づいてくるふたりの足音が聞こえた。

「うわっ！　誰だ⁉」宇野が懐中電灯をこちらに向けると同時に、右京と尊もライトを向けた。

「あ、刑事さん！」

まぶしそうにしながら右京と尊を見つけた宇野と渡辺の目に、一瞬の間を置いて黒木の死体も飛び込んできたらしい。宇野と渡辺は短い悲鳴とともに、黒木の名を連呼した。

「そこ、危ない！　気をつけて」

階段を降りてこようとするふたりに、尊が注意を喚起する。危うく足を踏み外しそうになったふたりが、安堵の溜め息を吐いた。

「皆さん、どうしてここに？」

下からライトで照らしながら、右京が訊ねた。

「青柳から、黒木が別荘に行ったって聞いて……夕食にも戻らないんで心配になって、みんなで捜しに来たんです」

肝を潰した渡辺が、泣きそうな声で言った。と同時に、ドアの向こうからこちらにやってくる青柳の声が聞こえてきた。

「どうした？　いたのか？　杉下さん？」

渡辺と宇野の様子に異変を感じた青柳は、その視線の先に右京を認めた。

「黒木が！」

宇野が懐中電灯を突き出して地階を照らす。

「く、黒木！」青柳の顔が引きつった。


早速現場にやってきた鑑識課の米沢によると、階段の踏み板に細工の跡はなかった。おそらく水漏れで金属の踏み板の一部が腐食して、傷みが進んだに違いないとのことだった。

右京と尊が寝室のある二階に向かおうと階段を昇りかけると、光の筋とともに「杉下警部！」と叫ぶ芹沢の声がした。「すごいっスね、今度は第一発見者なんて。でも、なんでここにいらしたんです？」

芹沢が当然の疑問をぶつける。

「われわれは黒木梨絵さんを捜していました」

右京が答えると、芹沢は意外なことを口にした。

「ああ、奥さんなら今、秋田からこっちに向かってますよ。なんか、叔母さんの家に遊びに行ってたとかで」

その瞬間に伊丹がバシッと芹沢の頭を叩きながら、憎々しげに言った。

「第一発見、ご苦労様ですが、この件はどうやら事故の線でケリがつきそうですよ。失礼」

伊丹の合図で傍らにいた三浦も含めて、捜査一課の三人はくるりと背を返した。

「どういうことです？　黒木梨絵が生きているって」

尊が煙に巻かれたような顔で訊いたが、右京ははっきりと自分の敗北を認めてこう呟いた。

「どうやらぼくは、この事件を読み違えていたようですねぇ」

そんなせりふを右京から初めて聞く尊は、

「え？　ああ、まあ杉下さんも人間ですからね。たまにはこういったことがあっても、かえって人間らしいというか……」

慰めの言葉か、あるいは内心の喜びの吐露か、ともかくそんな独白をしている尊を余所に、右京は何か新しい発見をしたようだった。

「……聞けよ！」

右京の耳には自分の話が届いていないと知り小声で悪態を吐く尊に、右京が鋭い声をかけた。

「神戸君、黒木さんのズボンの裾についていたのとおんなじ花びらです」

右京は二階の廊下に這いつくばり、ひとひらの花弁を摘み上げていた。その廊下に面するドアを開けなかに入ると、床に同様の花びらがたくさん落ちている。どうやらフラワーポプリのバスケットが床に落ち、花びらが散らばったらしい。

「黒木さんは地下室に行く前にここに入ったようです。梨絵さんの部屋ですね」

右京は部屋中をライトで照らしてみた。

ふたりは続いて別荘の外壁まわりを調べてみた。そこで右京は配電盤に異変を見つけたようだった。電気の引き込み線が、明らかに人為的に切断されていたのだ。側にいた地元の警察官に訊ねてみると、この辺りは古い別荘が点在していて、週末などに質《たち》の悪い若者が忍び込んでいたずらをすることがあるのだと説明した。

「ぼくたちが到着する前、黒木さんが別荘に着いた時も停電状態だったわけですね」

尊が確認するように口に出した。

「地下室にはワインの棚がありました。ワイン党の黒木さんは何度も地下室に下りて、あの踏み板が危険なことを知っていたはずです。にもかかわらず、転落した」

「やはり杉下さんは、黒木さんの死は他殺だと?」

「ぼくは可能性を考えているだけです。それにわれわれはまだ、重要な人物に会っていませんｍ」

右京は唇に意味深な笑みを浮かべて尊を見た。

黒木の葬儀はさほど日を経ずして都内の寺院で行われた。さすが広告の世界で一国一城を張っていただけあり、ひと目で業界人だとわかる参列者で溢れていた。

「あれが黒木梨絵さん、相当な美人ですね」

祭壇の前、近親者席の先頭に座っている喪服姿の女性を指して、尊が小声で右京に耳打ちした。その言葉どおり、長い黒髪をアップにまとめた梨絵は衆目を集めるほどの美貌であった。右京と尊は式次第の合間を見計らって梨絵に話を聞く事にした。

「このような時に申し訳ありません。ご主人と最後に会われたのはいつでしたか？」

単刀直入に右京が切り出すと、喪服の美人が俯いた。

「黒木が同窓会に出かける日の朝です。オフィスに顔を出してから行くと言って……」

「黒木さんは、あなたの秋田行きをご存じでしたか？」重ねて右京が訊ねる。

「ええ、もちろん。黒木が飛行機の切符をプレゼントしてくれたんです」

「黒木さんが？」尊が聞き返す。

「私をびっくりさせるつもりだったんでしょう。あの日の昼頃、宅配便で切符が届いたんです。黒木からの手紙も入ってましたわ。これです」

梨絵はハンドバッグのなかから白い封筒を取り出した。尊が丁重に受け取り、便箋を出して低い声で読み上げた。

《いつも留守番で退屈だろう。おばさんの所で久しぶりに羽を伸ばしておいで。帰ったら秋田のハタハタで一杯飲もう。それまでは連絡不要。こっちはこっちで楽しむよ。十分に気晴らしをしておいで》

「優しいところがあったんです、あの人。びっくりさせるのが好きで、昔もこんな風にしてお芝居のチケットなんか……」

梨絵は亡き夫を懐かしんで庭に目を遣った。

そのとき、ロビーの向こうから「すいません!」と咎めるような声が響いた。渡辺と宇野が鋭い目でこちらを見ていた。

「あのう、お話は後にしてもらえませんか?」

渡辺が怒りを押し殺して言った。

「申し訳ありません」頭を下げた右京は、梨絵に「このお手紙ですが、お預かりしてもよろしいですか?」と小声で断って、その場を去った。


警視庁では捜査一課の三人が、参考人として呼んだ青柳に話を聞いていた。どうやら黒木の死を事故死と断定するのは早急だったようだ。

「黒木は警察の広田さん殺しの捜査のことを、なんだかひどく気にしているようでした」

青柳が言った。

「確か『バードランド』はジャズ研の頃の同人誌が原点でしたね。もしかして、黒木さんにも思い入れが？」

伊丹が訊ねると、青柳は当然のごとく、「ええ、もちろんあったと思いますよ」と言った。

それを聞いて伊丹は一瞬何かが頭をよぎったようで、三浦と芹沢を見て、「まさか……」と呟いた。


警視庁の廊下を右京と尊が歩いていると、向こうから芹沢が慌てふためいて走ってくる。

「何かあったんですか？」尊が呼び止めて訊ねると、芹沢は簡単に口を割った。

「黒木さんが旅館に置いていた旅行鞄から、血痕のついた手袋が見つかったんです」

そう告げてまた慌てた様子で廊下を走り去っていった。

「広田さん殺しの犯人《ホシ》は黒木、その黒木は事故死で決着。青柳の思いどおりだ」

芹沢の背中を見送った尊が独りごちる。それに応じて右京が呟いた。

「ゆうべ、別荘に来た時、青柳さんも手袋をしていましたねえ」

「ええ、ドライビンググラブ」尊が答えた。

「そして、渡辺さんたちより少し遅れて来ました」

「はい。それが何か？」

「もしかすると、青柳さんの犯行を証明できるかもしれません」

右京のメガネの奥の瞳がきらりと光った。

六

その夜、黒木の別荘の前にひとりの男が立っていた。暗がりでもほぼ迷わずに生け垣から合い鍵を見つけ出すと玄関のドアを開け、そのまままっすぐに地下室に通じるドアに向かった。腐食のため脆くなっている鉄の階段も要領を弁《わきま》えているようで難なく床におりた。そうして懐中電灯の明かりをたよりに地下室の床の上を漁り出した。やがて目的の物を見つけたらしい。思わず男の頬が緩んだ。

そのとき、階段の上から複数のライトの筋が男の全身を照らし出した。

「青柳さん、手に持っているものを置いて、こちらに来ていただけますか？」

その男、青柳は声のする方を見て眩しさに眉を顰《ひそ》めた。声の主は杉下右京だった。右京どころかその周囲には数人の刑事たちが目を光らせていたのだった。観念して膝を折った青柳の手にはポータブルカセットレコーダーがあった。

右京と尊、それに捜査一課の三人は青柳を別荘の一室に連行して尋問を始めた。

「では、こいつは交換殺人を偽装して黒木に広田さんを殺させ、その黒木を事故に見せかけて殺したとおっしゃるんですか⁉」

部屋の中央に椅子を置き、そこに青柳を座らせた三浦は、右京に訊ねた。

「ええ。青柳さん、あの夜、黒木さんがこの別荘に来たのは、あなたが殺したはずの梨絵さんの死体を確かめるためですね？」

「ああ。梨絵の部屋で首を絞めたが、もしかしたら息を吹き返してるかもしれないと臭わせたんでね。黒木の奴、血相を変えて飛び出して行きましたよ」

右京の質問に青柳は淡々と答えた。

「ここへ何度も下見に来ていたあなたは、階段の踏み板が危険なことも知っていました」

「でも、黒木さんが転落した時、この人は別荘にいなかったんですよ？　一体どうやって黒木さんを殺したんです？」

芹沢が右京に問うと、右京が滔々と種明かしを始めた。

「青柳さんはちょっとした仕掛けを施して、黒木さんを心理的に誘導したんです。別荘に着いた黒木さんは、まず玄関ホールの灯りをつけようとしました。ところが灯りはつきません。分電盤を見るとブレーカーが落ちている。黒木さんはブレーカーを上げましたが、灯りはつきません。以前にも電気の引き込み線を切られたことがある黒木さんは、懐中電灯を手に、死体があるはずの梨絵さんの部屋へ急ぎました。しかし、そこには、梨絵さんの死体はありませんでした。その瞬間、黒木さんは、梨絵さんが息を吹き返したのだと思い込みました。梨絵さんを見つけなければと、黒木さんは部屋を飛び出した」

そこで捜査一課の三人は青柳を引き連れ、右京の先導で地下室に向かった。青柳のトリックを右京の手で再現するためである。

「その目の前にはかすかに開いた扉が……もちろん、青柳さんがあらかじめ開けておいたものです。黒木さんはもしやと思い、地下室へ向かいました」

懐中電灯を手にした伊丹、三浦、そして芹沢は、右京について実際地下室の階段の上の踊り場に立った。

「その時です！」

右京の言葉を合図に、地下の暗がりからピアノの音が聞こえてきた。

「あれっ!?　ちょっと、うわあああ！」

あまりに突然のことで、驚いた芹沢は思わず階段を踏み外しそうになった。同様に伊丹と三浦も奇声をあげてどうにか落ちずに踏みとどまった。

「黒木さんもそうやって転落したんです。下に梨絵さんがいるのではないかと思って」

そこで右京は地下室の電気をつけた。昼間のうちに電気の引き込み線は元通りに直してもらっていたのだった。

地階にはカセットレコーダーを手にした尊と壁際のソファに座ってそれを見ている青柳がいた。

「しかし、青柳はどうやって音楽を鳴らしたんです？」伊丹が首を傾げる。

「このカセットレコーダーはワイン棚の下のコンセントから電源をとってありました」

尊がレコーダーを掲げて見せた。そこで芹沢が根本的な疑問を投げ掛けた。

「でもさっき、ブレーカーを上げても玄関ホールの灯りはつかなかったじゃないですか？」

「それは簡単ですよ。青柳さんがあらかじめ、玄関ホールの電球だけを緩めておいたんです。黒木さんがブレーカーを上げたその瞬間、別荘の通電が再開され、テープが回り始めたんです。テープには最初の五十秒間は何も録音されていませんでした。この五十秒間は、おそらく青柳さんが玄関ホールと梨絵さんの部屋を何度も行ったり来たりして割り出したものでしょう」

「そして計算どおりのタイミングで音楽が流れ始め、黒木は死ぬはめになったわけだ」

カセットレコーダーのトリックに納得がいった三浦が膝を打つと、右京が続けた。

「青柳さんは黒木さんを殺すための仕掛けのスイッチを、黒木さん自身の手で入れさせたんです。青柳さんは渡辺さん、宇野さんと共に黒木さんの死体の第一発見者となり、ふたりの隙を見てカセットレコーダーを回収するつもりでした。しかし、神戸君とぼくが先にここに来ていたために、それができなくなってしまった。これが青柳さんの最大の誤算です。仕方なく、大急ぎでどうしても必要なことだけをやったんです。ふたりを先に屋内に入れ、自分は建物の裏手に回って電気の引き込み線を断ち切った。もちろん、ドライビンググラブは指紋を残さないようにするためです。おそらく青柳さんは犯行の翌日も、その次の日も、カセットレコーダーを回収するためにここに来たのでしょう。しかし、立番《たちばん》の警察官がいたので、それができなくなってしまった」

「今晩、立番がいなかったのは、杉下さん、あなたの罠だったってわけですか」

ソファに座って右京が一部始終を明かすのを聞いていた青柳が、冷静な声で訊ねた。

「そういうことです」右京が静かに頷く。

「それで、黒木梨絵さんとの関係は？」

尊が迫ると、青柳は間髪容れずに、「梨絵は関係ない」と鋭く否定した。

「今さら、そんなこと」

疑いの目で青柳を睨む尊に、右京は「神戸君」と注意を促した。

「あの手紙も、秋田行きの切符も、青柳さんが黒木さんの名前で梨絵さんに送ったんですよ」

「それこそ、ふたりがグルだという証拠じゃないですか」

尊は解せない様子で内ポケットから件の白い封筒を取り出して宙に掲げた。

「手紙の真んなかのところを読んでみて下さい」

「え？」

要領を得ないまま尊は便箋を広げて読み上げた。

《帰ったら秋田のハタハタで……》

「その次です」

右京に促されて尊が続ける。

《それまでは連絡不要》

そこで右京は右手の人差し指を立てた。

「それです！　青柳さんのこの計画は、梨絵さんから黒木さんに一度でも電話があれば壊れてしまうものでした。もし梨絵さんが青柳さんと共犯ならば、その一文は必要ありません」

「え？　それじゃ、秋田行きの切符は？」

残る疑問に右京が答えた。

「黒木さんの殺害時刻、遠い秋田にいれば梨絵さんにあらぬ嫌疑がかかることもないでしょうからねえ」

自分の会心のトリックが見破られるのを黙って聞いていた青柳が、そこで口を開いた。

「広田を殺して、当座廃刊を免れても、『バードランド』のような雑誌はいずれ消える。黒木の話に乗ってみるのもいいかと思った」

「交換殺人か」

伊丹が眉間に皺を寄せて呟く。

「俺は黒木って人間を自分のために利用して殺した。それだけのことだ」

クールに言い放つ青柳には、後悔の念などまったくないようだった。そんな青柳に、右京が語りかけた。

「青柳さん、たとえあなたがこの交換殺人を断ったとしても、黒木さんは別の方法で梨絵さんを殺そうとしたかもしれませんねえ。あなたはそれを阻止したかったのではありませんか？」

図星をさされたのか、青柳は初めて動揺したそぶりを見せて、押し殺すような声で言った。

「黒木を、許せますか？　お、俺は……許せなかった。仲間を裏切り、梨絵まで殺そうとした。梨絵は俺たちの……青春だったんですよ」

涙を堪えてうな垂れる青柳を見て、そっと手紙を内ポケットにしまい直した尊が穏やかにこう訊ねた。

「あなたは結局、一度も梨絵さんとは会わなかったんですか？」

「一度だけ見たよ。俺が交換殺人の話に乗ると、二十年も会っていないと顔もよく覚えていないだろうって、梨絵の顔を見に来させてね」

黒木は残酷にも、青柳に殺させるために自分の妻をオープンカフェに誘い出し、物陰から青柳に目撃させたのだった。

「"You're My Everything《ユアマイエブリシング》"、あのテープに録音されていた曲です。あの曲は梨絵さんが昔、とても好きだった曲だそうですねえ」

右京がしみじみと青柳に訊ねた。すると青柳は誇らしげに、かつ切なげに、胸を張ってこう言った。

「ああ、梨絵が一番好きだった曲だ。俺たちはライブの最後に必ずあの曲を演奏した。俺たち五人のクロージングテーマだ」

手錠をかけられた青柳が別荘を出てパトカーに乗せられる頃には、空はもう白々と明るくなっていた。青柳がまさに車に乗り込もうとしたとき、反対側から歩み寄ってきた宇野が、ルーフ越しに声をかけた。

「大丈夫。時間はかかるかもしれないが、立ち直るよ、梨絵は。渡辺がついてる」

曖昧に頷いて車に乗ろうとする青柳を、宇野の叫び声が押しとどめた。

「青柳！」

それは久しぶりに聞く《親友》の声だった。青柳は宇野に微笑みかけた。

「知ってたよ。おまえがずっと読んでくれていたこと」

宇野は「バードランド」を片手に持って掲げた。それを見た青柳は、ついぞ見せたことのないさわやかな笑顔を残してシートに身をしずめた。

サイレンを鳴らして去っていくパトカーを見送って、尊が確かめるように言った。

「やはりぼくの読みは間違っていませんでしたよ。青柳は『バードランド』と梨絵さん、両方を守ろうとしたんです」

「少なくとも彼は、そうは認めないでしょうねえ」

言下に否定された尊は、意外に思って上司の顔を見た。

「なぜです？」

「彼は道を誤りましたが、聡明な人間です。愛と利益は両立しない、それくらいは知っているはずです」

そう言い置いて先を歩いていく右京を、尊は小走りに追いかけた。ふたりの背後に立つ別荘には、眩しいくらいの朝日がそろそろ当たり始めていた。

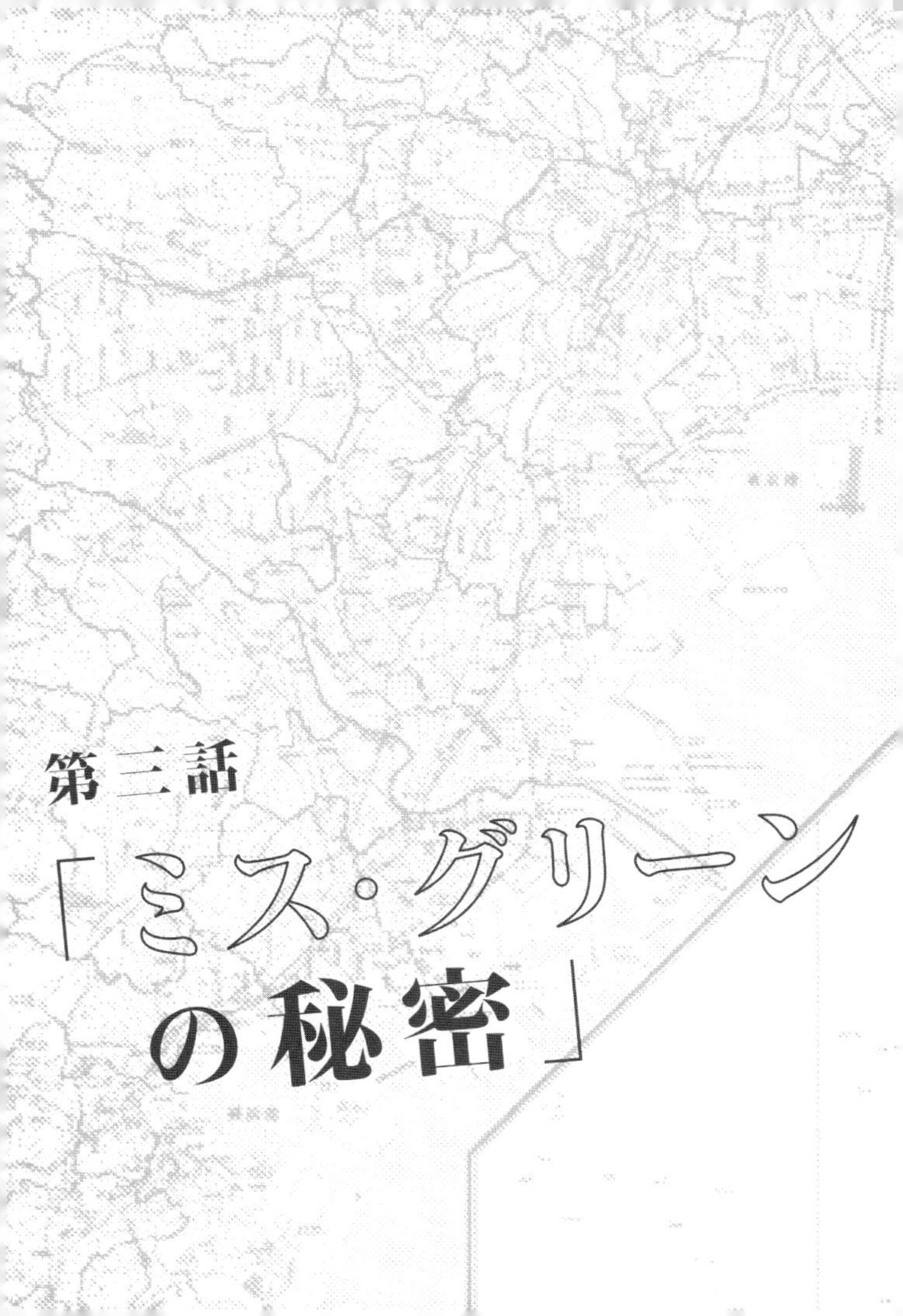

第三話

「ミス・グリーンの秘密」

一

鬱蒼と茂る緑が風にそよいだ。ここは都内でも有数の広さと緑豊かな環境を誇る公園である。まさに都会のオアシスというおもむきで、公園のなかには美しい池も設えられてあった。

その池が一望できる公園のベンチに、ひとりの老女が座っている。黒いサージのロングスカートに白いオーガンジーのブラウスがいかにも繊細なドレープを成している。綿毛のように美しい白髪には黒い帽子がちょこんと載っかっていて、そのたたずまいからは思わず《貴婦人》という言葉が連想される。足が悪いのかベンチの端に一本の杖が立て掛けられてあるが、それさえも品の良さをいやまし感じさせる小道具のように映えた。

老女はここに座るなり脇に置いたバスケットのなかから刺繍の道具をとり出し、時の経つのも忘れて一心不乱に針を動かしていた。

そのベンチの前に、一台のロードレーサーが風を切って停まった。乗っている若い男はジーンズに黒いTシャツといういでたち。スポーツ用のサングラスをかけ、長髪で隠れた耳には携帯音楽プレーヤーのイヤフォンを付けている。その男は自転車を降りると老女の目前に仁王立ちになり、

「あんたが二宮緑さん?」とぶっきらぼうに訊ねた。

「ええ。はじめまして」

老女はゆっくりと老眼鏡をはずして男をじっと見つめ、ニッコリと微笑んだ……。


その十日前のことだった。都内の某マンションの一階にひとりで暮らしている男性が殺害された。被害者の名前は野村弘、二十七歳。とあるコンピューターソフト会社のプログラマーである。

「第一発見者の保険外交員の話だと、玄関の扉は開いてたそうです」

早速現場に入った捜査一課の芹沢慶二が、同じく捜査一課の先輩、伊丹憲一に報告した。遺体は玄関口に仰向けに倒れており、後頭部から多量の血が流れていた。

「正面から殴られて仰向けに昏倒した拍子に、こいつで後頭部を強打したのか」

伊丹が被害者の頭の近くにある直方体のスチールボックスを指した。

「被害者はおそらく、鉄パイプのような金属製の棒状のもので殴打されて昏倒したものかと思われます。今のところ、凶器は室内からは見つかってません」

鑑識課の米沢守が捜査一課の三人に伝えた。頷いて遺体から離れ、部屋のなかを探っていた捜査一課のベテラン刑事、三浦信輔が一角に置かれた大きなラックに目をとめた。

「ディスクにビデオテープ、すごい量だなあ」

ラック一杯、溢れんばかりに撮影済みのＤＶＤやテープが並べられている。

「物盗りの線は？」

伊丹が訊ねると、芹沢が答えた。

「現金、通帳、キャッシュカードの類《たぐい》は手付かずです。室内を物色した形跡もないですし、物盗りの線はちょっとないっスね」

「犯人は鉄パイプ状の凶器を持って訪問し、対応した被害者を玄関先で一撃して、そのまま逃げ去った。こいつは怨恨の線か？」

伊丹が眉間に皺を寄せた。


数日後、いつものように無聊《ぶりょう》をかこつ警視庁特命係の小部屋に、ちょっとした騒ぎがもたらされた。

「おい、暇か？」

隣の組織犯罪対策五課の課長、角田六郎《かくた》がお定まりの口癖とともにやってきたのが事の始まりだった。

「お疲れさまです」

まさに暇を持て余していた神戸尊《かんべたける》が振り返ると、さも嬉しそうに角田が言った。

「ヘヘッ、一課の三浦がさ、なんだか面倒な電話に捕まってるみたいだよ。情報提供者ってのはありがたい一方で迷惑な場合もあるな」

角田はなぜか警視庁内の事情に通じているのである。

「面倒な電話ですか？」

ゆっくりと紅茶を淹れていた杉下右京が聞き返す。

「ああ。この間の、プログラマーの野村弘さんが殺された事件に関する重要な情報を話したいって電話があったそうなんだが、話が長い長い！　芹沢に言わせるともうかれこれ三十分以上付き合わされてるみたいだよ」

そこへ大きな呼び出し音をたてて電話が鳴った。右京が受話器をとる。

「はい、特命係、杉下です。……重要な情報？」

三人が目を見合わせた。

「ハハ、噂をすれば。例の電話、こっちに回ってきたみたいだな。長くなるぞ、こりゃ」

愉快でたまらないという様子で角田が小部屋を出て行った数十分後、特命係のふたりはその電話の主、佐々木たつ子の家を訪問することになった。

たつ子は典型的な《ガーデニングおばさん》で、ベランダはもちろんのこと狭い応接間にも壁から天井から、つり下げ式のプランターがぶら下がっていた。

「ねえ、ねえ、この雑誌、ご覧になったことありますか？」

挨拶もそこそこに、たつ子はある女性向けの生活情報誌を持ち出してきた。右京が話に乗ろうと返事をしかけると、「いやあ、ちょっと」と尊が遮った。が、たつ子はお構いなしに雑誌を広げてみせる。

「このなかにね、一般の読者が身の回りのちょっとした出来事を投稿する〝みんなの広場〟っていうのがあるんですけど、わたしの文章がそこに載ったんです！」

「読んでも構いませんか？」

申し出た右京に、たつ子は嬉々として雑誌を差し出した。

《先日、友人の家に遊びに行った帰り、バス停まで近道をしようとあるマンションの前の道を通った。ベランダいっぱいに粗大ゴミや古い家電製品、ゴミの袋が積んであって、ベランダの外にまであふれていた。そのあふれたゴミが、下にある花壇の花を潰していた。一体、どういう神経の人だろう。わたしは憤慨した》

そこで右京が一息いれてたつ子の顔を見る。たつ子はにんまりと笑って先を促した。

《わたしはさらに部屋をのぞいた。するとゴミのなかに、綺麗な小さな箱が転がっているのを見つけた。それは上蓋にスズランの花の図柄を描いた小さなオルゴールだった。こんなすてきな物を捨てるなんて、物の価値もわからないのだとわたしは残念で仕方なかった》

「それが掲載されてしばらくして、見知らぬ老婦人がわざわざうちを探して訪ねてみえたんです。二宮緑さんっておっしゃって、そのオルゴールが捨ててあった家を教えてほしいっておっしゃるんです」

「ほう」右京が相づちを打つ。

「それが、警部さん、あの殺された野村っていう人の部屋だったんですよ」

「実に興味深いお話ですねえ」

右京が身を乗り出した。


捜査一課では野村弘殺害事件の捜査が着々と進められていた。まず有力な容疑者として池上正宣という男が浮上してきた。麻薬密売と恐喝の前科がある男だ。以前、この池上と被害者の野村がモメているのをコンビニの店員が目撃しているということだった。なんでも野村は動画の撮影マニアで、その野村が撮った動画をめぐってふたりの間になんらかのトラブルがあったのではないかと考えられた。捜査一課ではこの池上を当たる方向で動いた。

一方、特命係のふたりは佐々木たつ子の話にあった二宮緑という老婦人を訪ねてみることにした。

ささやかながら庭付きの一戸建て。築年数もかなり経った変哲もない家屋だが、玄関に控え目に飾られたプランターが趣味の良さを引き立てている。右京がドアフォンを押すと、杖をついた白髪の女性が現れた。

「少しお話を伺いたいのですが、よろしいですか？」

身分を名乗ってから申し出ると、緑は快くなかに招じ入れてくれた。通された応接間は華美ではないが欧風の調度で統一され、ふたりは丁寧に紅茶でもてなされた。

「実は今日伺いましたのは……」

紅茶に口をつける間もなく切り出そうとする尊を、今度は右京が遮ることとなった。

「これは珍しい。シッキムですね？」

紅茶を口に含んだ途端、感嘆の声を上げた右京を、緑が驚きの目で見た。

「まあ！　杉下さんも紅茶党なのね」

「シッキムはお花の優しい香りが魅力です。お花といえば、こちらのイングリッシュガーデンも見事なものですねえ」右京はカップを置いて窓辺に歩み寄り庭を指した。紅茶といい庭といい、英国派の右京の趣味にピッタリはまったようだった。右京はサイドテーブルの上に見つけた宅配便の小包の中身の品名を確かめてから、「確かにオレンジのバレリーナは、こちらのお庭のよいアクセントになりますね」と頷く。

「オレンジのバレリーナって？」

ちんぷんかんぷんの表情の尊の問いに答えたのは緑だった。

「チューリップの品種よ」

「これが、その球根の小包です」右京はそれを手に取り、送り状を見て首を傾げた。

「おや、五日も前に届いていますねえ。まだ植えなくてもよろしいんですか？」

思わぬ指摘を受け、緑はちょっと慌てて取り繕う。

「あ、あの、明日あたりにでもと思っておりましたの」

「なるほど。ところで、小さなお友達がたくさんおいでのようですねえ。〝ミス・グリーン〟」

右京は壁中に貼られた絵を指した。子供たちが思い思いに画用紙にクレヨンで描いた緑の顔の絵で、どの絵にも《ミス・グリーン》という称号が記されていた。

「ウフフ。庭で育てたお花の苗を、時々近くの聖ヤコブ幼稚園に贈ってましたの」

緑が楽しそうに笑った。

「大変失礼なんですが、〝ミス〟ということは……」

尊が問うと、緑は屈託なく白状した。

「わたしは結婚はしたことがないの。一度もね」

尊が納得していると、部屋のなかをそれとなく見て回っていた右京が意外なことを口にした。

「おふたりとも、ですか？」

「え？」緑が驚いて聞き返す。

「似てらっしゃいますねえ。妹さんでしょうか？」

右京はカップボードの上に飾られた写真立てを手に取った。緑は腑に落ちた様子で答えた。

「ええ、妹の葵。葵も結婚してなかったの。わたしたち、ずーっと姉妹《きょうだい》ふたりで暮らしてましたの」

「葵さんは、今？」

右京が訊ねると、緑は俯いた。

「半年前に……」

「それはお寂しいですね」

尊が慰めの言葉をかけると、緑はふっきれたように面を上げた。

「フフ。いいえ。死は誰にでも訪れるものよ。自分たち以外の人間を、舞台の小道具のようにしか思わない人たちにもね」

「え？　それはどういう意味でしょう？」

尊が訊く脇から、右京が本題を切り出した。

「今日お伺いしましたのは、オルゴールの件なんですが、あなたは佐々木たつ子さんという方をご存じですね？」尊が訊ねた。

「ええ」

「どうして彼女のところにオルゴールのことを訊きにいらしたんですか？」

「ああ、たつ子さんの投書を読んで、わたしがなくしたオルゴールじゃないかしらと思ったの。わたしね、スズランの花の模様の付いた、このくらいの小さなオルゴールをいつも持ち歩いていたんですけど、どこかに置き忘れてしまって」

緑がオルゴールの大きさを手で示しながら懐かしむような口調で答える。

「曲名はなんでしょう？」

右京が訊ねると、緑は嬉しそうに即答した。

「パッヘルベルの《カノン》」

それを聞いて再び右京の目が輝いた。

「バロックの名曲ですねえ。それで、そのオルゴールは見つかったんですか？」

「いや、それが、まだそちらへは伺ってませんの。足がこんなふうですと、遠出はなかなか」

緑はロングスカートの上から足を大儀そうにさすった。

緑の家を辞して歩く道すがら、右京が感想を口にした。

「ところで、ミス・グリーンですが、いくつか興味深い点があります」

「はい、なんでしょう」

「彼女は、われわれが何をしに来たのか一度も尋ねませんでした。ぼくがオルゴールのことを訊くと、すらすらと答えてはくれましたが、〝なぜそんなことを訊きに来たのか〟とは尋ねませんでした。まるで最初から警察がその件で訪ねてくることを、予期していたようではありませんか？」

「ええ、まあ」

そうとも言えるが、考えすぎではないかとも感じた尊は曖昧に頷いた。

「それからもうひとつ、チューリップの球根です。球根は生き物なんですよ。着いたらすぐに開けて、日の当たらない風通しのよい場所に置いてやらなければなりません。あれほどお花を大切にしているミス・グリーンが、五日前に届いた球根の小包をそのままにしておくというのは、おかしいとは思いませんか？　おそらく今、ミス・グリーンはそれ以上の関心事があるのでしょう」

「いずれにせよ、ぼくには、あの足の悪い老女が鉄パイプを振り回す図は思い描けませんけどね」

尊は緑を疑うことの非現実性を主張した。

その足で野村の自宅を訪れた右京と尊は、ベランダに放置されたゴミをかき回してみた。

「やはりオルゴールは見つかりませんねえ」

右京が呟く。

「綺麗なものなら、通りがかりの誰かが持っていったんじゃないですか?」

ちょっとうんざり気味に尊が言った。

「神戸君」そんな尊に改めて右京が声をかけた。「きみ、明日から少しミス・グリーンに張り付いてもらえませんか」

「え!? ぼくが?」

予想外の依頼に尊は面食らった。

「偶然にしては気になることが多すぎます。ぼくにはミス・グリーンが懸命に何かを隠しているように思えてならないんですよ。きみ、構いませんか?」

「ええ、まあ。それで杉下警部の気が済むのなら」諦めがちに応えた尊は、続けて訊ねた。「で、そちらは?」

「ぼくはちょっと調べたいことが」

そう言ってスタスタと歩き出す右京の背中を見ながら、「自分のやることは言わないんだ……」と尊は不服そうに独りごちた。

二

翌朝、右京が鑑識課を訪ねると、米沢守がなにやらパソコンの画面を見て爆笑している。

「おはようございます」

右京が声をかけると、

「あ、これは杉下警部。どうも」

米沢は慌てて居住まいを正した。

「これ、お借りしていた志ん朝のＣＤ、ありがとうございました」

右京と米沢は共通の趣味である落語で密かに結ばれていたのだった。

「何をご覧になっているんですか？」

右京がパソコンのディスプレイを覗き込む。

「実は、先日の殺人事件の被害者、野村さんが撮った動画なんですけども、ちょっとこれ、見てみてください」

米沢が再生した動画には公園でバドミントンをしている制服姿の女子高生がふたり映っている。その脇を中年男が通り過ぎる。女子高生に見とれて歩いているうちにベンチに激突し、座っていたおばさんに覆い被さるように倒れた。そのコミカルな動画に、米沢は再び爆笑する。

動画を見終わって右京も微笑んだ。

「いわゆるハプニング動画ですね」

「よくご存じで。これ、家族や友人、風景などを撮っていて、偶然面白い映像を撮影してしまったというものです。近年はこういったハプニング動画を一般の人々も投稿するサイトがあるようですなあ。野村さんも“Charlie《チャーリー》”というハンドルネームで、その種のサイトに頻繁に投稿していたようです」

「ほう」

「捜査一課では野村さんが撮った動画が事件に絡んでいると考えているようです。池上には麻薬密売の前科がありますからな。野村さんが動画を撮っていて、偶然見てはいけないものを撮影してしまったのではないかと」

「見てはいけないもの……ですか？」

右京は鸚鵡《おうむ》返しに呟いた。


その頃、尊は二宮緑を監視すべく家を訪れ、玄関に通ずるブロック塀の陰に身を隠していた……と思いきや、とっくにバレていたらしく、緑は玄関に出てきて笑顔で尊に話しかけてきた。

「手伝ってくださる？」

ニッコリ笑って頼まれると、手伝わないわけにはいかなかった。

「あ、ええ、ぼくにできることなら」

尊はどぎまぎしながらも緑の後に従い庭に入った。

上着を脱ぎ手袋をはめた尊は、緑に請われるまま庭の雑草とりに精を出していた。そんな尊のそばに椅子を置いて腰かけた緑が目を細めて言った。

「杉下さんって面白い方ね」

「あっ、まあ、ひと言でいえば変わり者ですよ」尊が応える。

「今、どんな事件を担当してらっしゃるの？」緑は興味津々の様子である。

「う〜ん。特命係というのは窓際の窓際ですから、特に決まったものはないんです。いつも暇を持て余してます」

その言い草がよほど面白かったのか、緑は声高らかに笑った。

「これ、なんの匂いですか？」

尊が手についた土を嗅いで訊ねた。

「ああ、腐葉土と堆肥と、それから苦土石灰《くどせっかい》を混ぜてあるの」

「苦土石灰？」

尊には聞きなれない名前だった。

「〝クド〟というのは〝苦い土〟って書くの。マグネシウムのことよ。苦土石灰はクエン酸可溶性マグネシウムを三・五パーセント以上含む石灰肥料のこと。石灰を入れるのはね、酸性になりやすい土を中和するため」

「へえ〜」

化学に詳しい緑に、尊は感心してみせた。

緑は立ち上がって棚の方に歩いて行き、背伸びをして何か上方のものを取ろうとしたが、バランスを崩して転びそうになった。

「大丈夫ですか？」

尊が緑の肩を支え、脇の椅子をすすめた。

「ごめんなさい……ああ、高い物が取れないなんて、まるで子供に戻ったみたい」

「失礼ですが、その足はいつから？」

「半年ほど前にね、庭仕事をしてて挫《くじ》いたのよ」

そう答えながら、緑は額の汗をぬぐった。

「監視している当人に見つかるとは、なんとも……」

特命係の小部屋に戻り今日の一件を報告しようとした尊に、右京は辛辣なひと言を浴びせた。尊も黙ってはいなかった。

「お言葉ですが、ぼくひとりに監視させるという杉下さんの戦略も、いかがなものかと思いますけどね」

「で、何かわかりましたか？」

「左足が悪いというのは本当ですね。実際、背伸びをするのも不自由な有り様です」

尊はバランスを崩し倒れそうになった緑の心もとない姿を思い出した。

「そうですか」

「それから、ミス・グリーンのガーデニング歴は相当長いですね。ほとんど玄人はだしです。あと、あの年齢でインターネットを使いこなしている」

「なぜわかったのでしょう」

「日用品や園芸用品を通販で取り寄せてるんですけど、発送元に問い合わせたら、すべてネットで注文したものでした」

「なるほど」

「年寄りは寂しいから、優しくされるとすぐ気を許す。とりあえずぼくは、ミス・グリーンがあの例のオルゴールを持っていないか探ってみます。そちらは？」

尊は右京の戦果を訊ねた。

「ぼくは、彼女が花の苗を寄贈しているという聖ヤコブ幼稚園を訪ねてみました」

ひとりで行動した右京はかなりの収穫を得ていた。

まず聖ヤコブ幼稚園の園長にミス・グリーンのオルゴールのことを訊いてみると、それは緑のものではなく妹の葵のもので、心臓を患っていた葵がいつもそれに薬を入れてピルケースがわりに持ち歩いていたものらしかった。

さらにその葵は、半年ほど前、水鳥《みずとり》公園の池に落ちて亡くなったとのことだった。右京はその折に公園に駆けつけた交番の巡査も訪ねていた。巡査によると、葵はバードウォッチングが趣味で、その日は水鳥の観察をしに池に行っていたのだという。ところが誤ってショルダーバッグを池に落としてしまい、それを取ろうとして足を滑らせてしまったようだった。

「どなたか事故の目撃者は？」

右京は巡査に訊ねた。

「はい、犬を散歩させていた老人がいました。最初に見た時、危ないなあと思ったそうです。死因は心臓麻痺でした」

「彼女が池に落ちた時、そばに誰かいませんでしたか？」

「いえ、そばには誰もいなかったということでした」

右京は何かを感じたらしく、深く頷いた。

警視庁に戻った右京は、鑑識課の米沢に依頼し、二宮葵が死亡した事故の資料を出してもらった。

「これが二宮葵さんの写真です」米沢は証拠写真のファイルを特命係の小部屋に持ち込み、右京に見せた。「で、事故当時の所持品の写真は、これですね。現金二千五百円入りの小銭入れとハンカチ。それから、このショルダーバッグのなかには野鳥図鑑と水筒……」

「ちょっと失礼」

「はい。あのう、何か？」

米沢を遮ってその写真のなかの一枚に戻り、じっと眺めている右京に米沢が問うた。

「おかしいとは思いませんか？」

「はい？」

右京は机の引き出しからメジャーを取り出してきて米沢の体に当てた。

「葵さんの身長は一五五センチなのに、ショルダーバッグの肩ヒモの長さは一二〇センチ……バッグはこうなります」

戸惑う米沢の肩に実寸の肩ヒモを模してメジャーをかけ、バッグ本体の部分に書類のフォルダーを横にしてあててみた。

「ああ、これはちょっと肩ヒモが長すぎますね。これだと鞄がひざの辺りに来てしまいますね」

米沢が応えると、右京がいつもながらの蘊蓄《うんちく》を披露した。

「いえいえ、肩ヒモの長さはこれでちょうどいいんです。バードウォッチングの際は、双眼鏡を両手に持って動きますから、ショルダーバッグを斜め掛けにする人が多いんです」

右京は再び米沢の体にメジャーを使って斜め掛けの状態をつくった。

「おお、こうやって斜めに掛ければちょうど具合がいいですねえ……しかし、それならどこにおかしな点があるんでしょうか？」

米沢が訊ねると、右京は唇に意味深な笑みを浮かべてこう言った。

「斜め掛けにしたショルダーバッグは、肩から滑り落ちたりはしません」

三

尊の《ミス・グリーン詣で》は続いていた。庭仕事の手伝いにも慣れ、仕事の合間にさまざまな話題を気軽に話し合える関係にもなっていた。

「ミス・グリーンは、なぜ結婚しなかったんですか？」

庭仕事がひと段落し、風が吹き抜ける気持ちのいいデッキでお昼のサンドイッチをいただきながら尊が訊ねた。

「さあ、なぜかしらねえ。たぶん、生きるのに忙しかったのね。わたしたちの年頃の人間はね、多かれ少なかれ、みんなそうだと思うけど、子供の頃に戦争が終わって何もかも変わってしまって……」緑は遠い日を思い浮かべるように目を細めて続けた。「あの頃はわたしたちみたいに、戦災で親を亡くした子供たちがいっぱいいたわ。とにかく、もう、食べ物がないから必死よ。働いて、寝て、また働いて。少しずつ暮らしを立てて、平穏に、平凡に、なんとか人様の迷惑にならないようにって生きてきた。もちろん、いっぱいあったわよ、楽しいことも、うれしいことも。うん、おばあさんになって、こんなふうにお花を育てる時間もできたし」

庭の花々を見渡す緑の目は穏やかだった。

「では、今はお幸せなんですね」尊が訊ねる。

「ええ、とても」頷いた緑は尊の顔を見て微笑んだ。「わたしから見れば、あなたはまだ新芽のようなものよ。まだ芽吹いたばかりの初々しい新芽だわ」

「えっ？　ぼくをいくつだと思ってるんです？」

いきなりそんなこと言われて尊はくすぐったい気持ちになった。

「ウフフ。ほら、マヨネーズ」

緑が自分の口元に指を当てた。

「あ、ああ」

慌てでぬぐい取ろうとする尊を見て、緑は愉快そうに笑った。

「アハハハハハ！　う−そよ」

いつしかふたりの間には得も言われぬ気安さが感じられるようになっていた。


一方の右京は、ひとりで水鳥公園に赴いていた。例の葵が落ちて死んだ池の周りを歩いていると、水辺の草むらに布製のショルダーバッグが落ちている。それを拾い上げて持ち主を探そうとあたりを見回していると、

「ああ、すいません。いやどうも、申し訳ない！」

声を上げて熟年の男性が駆け寄ってきた。アウトドア用のポケットのたくさんついたベストを着て、首からは双眼鏡を提げている。

「ああ。失礼ですが、どうしてバッグをこのようなところに？」

バッグを手渡しながら右京がその男性に訊ねた。

「いやあ、水鳥を見る時はついやっちゃうんですよねえ」男は頭を掻いた。「普段、山で野鳥を見る場合は、まあ、こういう感じですよねえ」男は実際に双眼鏡を当て、立ったまま空を見上げた。「でもね、水鳥の場合は大抵中州なんかに下りたところを見るから、自然とこうなるんですよ」

男はしゃがんで低い位置から池を眺めた。

「ほう」右京が感心してみせる。

「するとバッグはこうなっちゃうわけです」肩からかけたバッグの底が地面に着いている。「で、見ながら動いたりするから、またこいつを引きずっちゃう。それで、邪魔になって、つい外してしまうんですよ。どうせポケット図鑑とか水筒ぐらいしか入ってませんしね」

「なるほど」

懇切丁寧な男の解説に、右京はことのほか得心したようだった。

捜査一課ではもっとも怪しいと睨んだ池上正宣を連行し、取調室に入れて尋問していた。

「冗談じゃないっスよ。俺、殺してなんかいないっスよ」

池上は軽いノリの話し方をする他愛もないチンピラだった。

「じゃあ、どういうわけでおまえの車から被害者のビデオが出てきたんだよ！」

否認する池上に、伊丹が机を叩いて迫る。

「あれは……カメラで撮られたと思ったんスよ」

池上がわずかに言い淀むのを聞き、三浦が攻め込む。

「薬《ヤク》の取引をか！」

「公園で商売してたら、カメラ持ってうろついてるのがいたから、それで追いかけてビデオ取り上げたんスよ。それだけっスよ」

「いつ頃の話だ？」と三浦。

「半年ぐらい前」

「今、あのビデオを鑑識でじっくり調べてるからな。さぞ面白い映像が出てくるだろうよ！」伊丹が凄んだ。


そのビデオをじっくり調べている鑑識の部屋では、米沢が再生する映像を右京が覗いていた。

それは水鳥公園の池のほとりにいる葵を映したものだった。葵は短い枝のようなものを持ち、池に落ちたバッグをたぐり寄せようとしていた。けれども途中で、「おい！　おめぇ何撮ってんだ、コラ！」という男の怒声とともにプツリと消えてしまっていた。

「池上が強引にカメラを取り上げたために、動画が途中で途切れてしまったんですねえ」

右京が考えをまとめるように語る。

「ええ。結局、池上の取引の現場は映ってなかったんですが、この動画は一体、なんなんでしょうな？」米沢が首を傾げる。

「なんでしょうねえ」

繰り返す右京に、「あ、これ、一応焼いときましたんで」と米沢はディスクを一枚差し出した。

そのときメガネをずらしたせいで米沢の目のまわりにクマが出来ているのを見て取った右京は、「だいぶお疲れのようですね」と労《いたわ》った。

「はあ。精神的にといいますか、肉体的にといいますか。昨日からずっと野村が撮った動画をチェックしていたんですが、これがなんとも……」

米沢は充血した目を押さえた。

「どうかしましたか?」

「野村が“Charlie”というハンドルネームで投稿していたハプニング動画は、途中からわざと仕組んだ悪質なものに変わってましてねえ。ちょっとこれ、見てみてください」

そう言って米沢は別の映像をディスプレイに呼び出した。それは道の向こうからママチャリに乗ってやってくる男の映像だった。カメラを設えた真ん前のマンホールでつるりと滑り、派手に転倒したのだった。「これ、マンホールに油が塗ってありますよ。一歩間違えば大怪我、バイクだったら死んでたかもしれない」米沢は顔を顰《しか》めた。

「わざと仕組んだハプニング動画、ですか」

「一般の会員から非難が殺到して、そのサイトには来なくなったそうですが」

緑は暗さを増した部屋で、葵のオルゴールを開けてみた。パッヘルベルの《カノン》が流れ、緑の脳裏にはそのメロディーをうっとりと聴いていた葵の面影が浮かんだ。と同時に、このオルゴールに触れた汚らしい手のことも頭に去来し、再び怒りに打ち震えるのだった。

佐々木たつ子の投稿を読み、なくしたと思ったオルゴールの存在を確信した緑は、そのゴミだらけのマンションに行ってみた。すると投稿どおり、ベランダのゴミのなかにオルゴールはすぐに見つかった。それを手にした緑は野村の部屋の玄関にまわり呼び鈴を押した。

野村は来客の応対をしながらも携帯をいじっているほどの礼儀も弁《わきま》えない若造だった。

——これ、どこで拾ってくだすったの？　もしかして、あなたもあの公園にいらしたの？　妹が池に落ちた時。

緑が丁寧な口調で訊ねると、野村は鼻を鳴らした。

——ああ、ばあさん、あの後、やっぱ落ちたんだ。

さして重要でもない世間話をするようにボソリと呟いた野村の言葉に、たちまち緑の顔色が変わる。

——どういうこと？　あの後って。

——別に。もう帰ってよ。

解せない言葉を確かめようとする緑を、野村は冷たくあしらった。

――あ、ちょっと！　あの日、妹に会ったのね？

――もういいじゃん、そんなこと。

面倒くさそうに背を向ける野村に、緑は迫った。

――よくないわ！　何があったの？　これ、どこで拾ったの？

――それは、草むらにバッグが落ちてたから。

――バッグが草むらにあったのなら、妹はどうして池に……？

信じたくない事実が思い浮かび、緑は震えが止まらなかった。

――言っとくけどなあ、あの日は俺も大変だったんだからな。変なチンピラが来て、ビデオ取られるし。チッ。

野村は子供じみた言いぐさで開き直った。緑の疑惑は次第に確信に変わってきた。

――池に落ちた妹がどうなったか知らないの？

緑は低い声で訊ねた。

――知ってるわけないじゃん。あの日はもう、ビデオ取られたから帰ろうってなったし。

まだ自分の罪を自覚できない野村は面倒くさそうに言い捨てた。

――死んだのよ。

――ヘッ、ちょっと冗談やめてよ。

笑ってごまかそうとする野村に向かって、緑は再びピシャリとその事実を突きつけた。

――妹は池に落ちて、死んだの！

一瞬顔を引き攣《つ》らせ、その事実の重さに思い至ったかのような野村だったが、自分の罪を余所《よそ》にまず保身の術《すべ》が頭に浮かんだらしい。緑の手元のオルゴールを見て蒼ざめ、

「あんたまさか、それ持って警察とか行く気じゃねえだろうな。返せよ、返せよ！」

取り合いになり、野村に摑まれて倒されそうになった緑は咄嗟に手にしていたステッキで……。


「その一撃は野村を昏倒させ、死に至らしめたのです」

特命係の小部屋で、まさに同じ光景を右京が推理し再現していたのだった。

「彼女はオルゴールを捜しに行った先で初めて野村に会い、葵さんの死の真相を知ったんです。きみはミス・グリーンを説得して署に同行すべきでした」

右京は咎める口調で尊に向かって言った。

「お言葉ですが、杉下警部のお話には、何ひとつ証拠がありません。証拠がなければ令状は申請できない。令状がなければ彼女は家を出ません。彼女のステッキが凶器と断定され次第、この事件を捜査一課に渡して、令状を申請してもらいます」

尊は頑なに自分のやりかたを貫くつもりらしかった。

五

鑑識課の部屋で、尊が持ち帰った緑のステッキを調べている米沢をじっと見守りながら、右京が何か重要なことに思い至った様子で言った。

「神戸君、覚えてますか？　初めて会った時、彼女はこう言いました」

——死は誰にでも訪れるものよ。自分たち以外の人間を、舞台の小道具のようにしか思わない人たちにもね。

「《自分たち》《人たち》……ハンドルネーム“Charlie”はひとりではなかったんです。カメラを構えていた野村ともうひとり、バッグを池に投げ捨てた人物。おそらく彼女は初めて野村と会った時に、もうひとりの人物の存在に気づいたのでしょう。どうすればその人物を見つけ出せるでしょうか？　そう、野村の携帯があればその人物の連絡先を、つきとめることができるのです」

同じ頃、ひとり窓辺で携帯を握りしめ、何かを躊躇《ためら》っている緑の姿があった。しばらくの間携帯を開いたり閉じたりを繰り返していたのだが、やがて意を決したようにある番号にかけた。

——老人会の集まりのビデオ撮影？

相手は若い男の声だった。

「ええ。うちに来てくれているボランティアの学生さんから、あなたがカメラが得意だって伺ったの。もちろん、謝礼は十分にお支払いするわ」

交渉はうまくいったらしく、緑は大仕事がひとつ済んだかのようにほっとひとつ溜め息をついた。

米沢によってステッキは凶器だと断定された。それを受けた捜査一課は速やかに令状をとり、緑の家に車を飛ばした。その車の後を黒いスカイラインＧＴ－Ｒも追い駆けた。

「別について来ていただかなくても結構なんですけどねえ」

緑の家に着き車を飛び出した伊丹が、スカイラインのふたりに嫌味をぶつけた。

三浦がドアフォンを押したが反応がない。どうやら留守のようだが、玄関には鍵がかかっていなかった。

「失礼します。二宮さん、二宮緑さん！」

奥に向かって伊丹が叫んだが反応がない。仕方がないので捜査令状を開いて無人の廊下に向かって示し、靴を脱いで上がり込んだ。

やはり屋内にも庭にも緑はいないようだった。

「お、スリープになってんな、これ」

最新刊

乱反射

貫井徳郎

861円　978-4-02-264638-5

第63回日本推理作家協会賞受賞作、待望の文庫化。

親が伸びれば子は伸びる

陰山英男

630円　978-4-02-261710-1

子の幸せのために親ができること。その最終回答。

勉強好きな子が育つ パパの習慣

清水克彦

46円　978-4-02-261711-8

に始められる、子どもを変える父親の習慣。

人　衛星図鑑

はや

武部　のり

861円

100以上

仁木英之

耶律《やりつ》徳光《とうこう》と述律《じゅつりつ》 上・下

書き下ろし

上819円　978-4-02-264630-9

下840円　978-4-02-264631-6

中国統一を狙う王・徳光の壮絶な生涯を描く中国歴史巨編。

山本一力

早刷《はやず》り岩次郎

756円　978-4-02-264632-3

知恵と度胸で瓦版作りに命を懸ける硬骨漢を描く長編時代小説。

山本一力　縄田一男　児玉清

ぼくらが惚れた時代小説

630円　978-4-02-264633-0

時代小説を愛する三人が名作の魅力を語りつくす書。

細川貂《てん》々《てん》

ツレはパパ1年生

司馬遼太郎

新装版
宮本武蔵

609円　978-4-02-264625-5

国民作家が描く、自負と屈託を抱えた

鳥羽　亮　書き下ろし

雲の盗十郎《とうじゅうろう》　御助宿控帳《おたすけやどひかえちょう》

630円　978-4-02-264628-6

悪名高い盗十郎一味を御助人が成敗する！

風野真知雄　文庫オリジナル

猫見酒　大江戸落語百景

609円　978-4-02-264629-3

笑いあり、人情あり、涙ありの著者オリジナル落語小説。

荒崎一海

シリーズ

津本陽

武辺

秋山香乃

漢方医・有安シリーズ

忘れ形見

756円

森村誠一

派遣刺客

630円

芹沢が机の上のノートパソコンに気付き、マウスを動かしてみる。

「あれ？　なんだ、これ。薬品か？」

今度は三浦が開き戸棚のなかに様々な瓶が並んでいるのを見つけた。

「ちょっと失礼」

捜査一課の三人をかき分けて、右京がその瓶のラベルを確かめる。

「硝酸アンモニウム、塩酸……」次々と瓶を手に取った右京の表情は次第に強ばり、ついに「ミス・グリーンは爆発物を使うつもりです」と言った。

「まさか彼女に爆弾なんて作れるはずが……」尊が絶句する。

「以前、ネットのマニュアルを見た高校生が、家を一軒吹き飛ばす威力のある爆弾を作った事件がありました。それとほぼ同じ材料です。しかも、ガーデニングに精通しているミス・グリーンには、相応の知識があります」

そのとき、スリープを解除したパソコンをいじっていた芹沢が、「ありました！」と叫んだ。皆が駆け寄って画面を覗くと、そこには《爆弾大事典》というサイトが開かれていた。

「しかし、二宮緑はなんだって爆弾なんか！」

三浦の疑問に右京が答えた。

「野村の時のような偶然は二度は起きません」

「どういうことっスか？」芹沢が聞き返す。

「足の不自由なミス・グリーンが大の男を死に至らしめるのは困難です。ですから爆弾を作ったのでしょう。もうひとりの男をおびき出し、確実に裁くために。もしかするとミス・グリーンは、その爆弾で自分の身の始末もつけるつもりかもしれません」

右京の厳しい表情に触れ、皆がことの重大さを理解した。

「おい、緊急配備だ！」

伊丹が指示を出したが、右京はすかさずそれに異を唱え恫喝した。

「それでは間に合いません！」

「じゃあ、どうしろって言うんですか！」

伊丹が怒鳴り返す。

「野村の携帯の通話記録と、ミス・グリーンの携帯の通話記録を照合してください。重なり合う人物がひとりいるはずです」

「了解」三浦が動いた。

「おい、俺たちは別の手掛かり捜すぞ！」

伊丹は芹沢を促して部屋の方々を当たり始めた。

自分の思惑を大きく超えた一連の動きを目の当たりにし、尊は途方に暮れていた。目を合わせた右京も無言のまま冷たい視線を投げ返すだけである。やるせない思いでふと窓の外に目をやると、庭のデッキテーブルの上に、赤い花びらを載せた白い封筒が見えた。尊はひとり庭に出て封筒を取り上げ、なかに入っていたカードを取り出した。そこには丁寧なペン字でこう書かれていた。
《最後の数日、本当に楽しい時間を頂きました。ありがとう》
尊は複雑な思いでそれを内ポケットにしまった。

ほどなくして本庁に照会を依頼していた三浦に連絡が入った。野村と緑で共通する電話の相手は武井敦夫。二十七歳の大学生で、中野区の歯科医院の息子だという。

早速携帯を鳴らしてみたが、反応はなかった。携帯電話の基地局で所在を追跡したところ、現在、代々木付近を上原方面に向かって移動中ということだった。

「ミス・グリーンが無関係の人々を巻き添えにするとは思えません。その辺りで、人気《ひとけ》の少ない、最も広い場所はどこですか⁉」

凄まじい剣幕で右京に詰め寄られた芹沢は焦りに焦って記憶を探り、「えっ、あああ……あっ、南中央公園です！」と叫んだ。

それを合図に捜査一課の三人と特命係のふたりは二宮家を飛び出して車を急発進させた。

「二宮緑が爆弾を所持して、南中央公園に向かっている可能性があります！　至急、爆発物処理班をよこしてください!」

疾走する覆面パトカーの無線マイクに伊丹の唾が飛んだ。

六

鬱蒼と茂る緑が風にそよいだ。ここは都内でも有数の広さと緑豊かな環境を誇る南中央公園である。まさに都会のオアシスというおもむきで、公園のなかには美しい池も設えられてあった。その池が一望できる公園のベンチに二宮緑が座っていた。緑はここに来るなり脇に置いたバスケットのなかから刺繡の道具をとり出し、時の経つのも忘れて一心不乱に針を動かしていた。

そのベンチの前に、一台のロードレーサーが風を切って停まった。武井敦夫だった。武井はベンチの前に仁王立ちになり、「あんたが二宮緑さん?」とぶっきらぼうに訊ねた。

「ええ。はじめまして」

緑がニッコリと微笑む。

「他の人、まだ?」重ねて武井が訊ねる。

「あ、もうすぐいらっしゃるわ。どうぞ」

緑がベンチの隣をすすめた。

武井は腰を降ろし、足を組んで右腕をひじ掛けに載せた。緑は立ち上がり、一瞬よろけたと見せかけてかねてから固定式のベンチの脚に留めてあった手錠の片方を、すばやく武井の手首にかけた。

「お、おい、なんのマネだよ！」

武井は瞬間、何が起こったのか意味がわからないようすだった。

「じっとしててね」

一、二メートル後じさり、武井の手の届かないところまできた緑は低い声で短く命じ、ベンチのもう片方に置かれたバスケットのなかを探った。

ようやく身動きがとれなくなったことを理解した武井は、自由になる腕を振り回して、緑を怒鳴り上げた。が、その勢いも掲げられた緑の手に握られているものを見てピタリと止まった。

「なんだよ、それ？」

突き出された緑の右手にはボタン式のスイッチが、胸の前にしっかり当てられた左手には、ドロップのケースと小瓶を細工した何かが握られていた。

「爆弾よ」

そのひと言で、武井は縮み上がった。

南中央公園に到着した捜査一課の三人と特命係は身を低くして池に通ずる木立のなかに潜り込んだ。伊丹の携帯に本庁から電話が入った。相手は刑事部長の内村完爾《かんじ》だった。

「伊丹、あと五分でそちらにSAT《サット》の狙撃班が到着する。それまでは決して手出しするな」

低いだみ声が重々しく命じた。

「狙撃するんですか？」

伊丹が驚いて聞き返す。

「無論、交渉人も出す。だが、二宮緑は既にひとり殺しており、今度は武井を道連れに自分も死ぬ気だ」

伊丹は電話を切って木立のなかを進んだ。やがて池が見えるところまで出てきた。

「あれじゃねえか？」

伊丹が指さした池の対岸には、緑らしき老女と青年の姿が見えた。


「なんでだよ。俺があんたに何したたっつうんだよ！」

突き出された緑の手のなかのリモコンに怯えながら、武井は震える声で訊いた。

「なんにもしてない人からこんなことされるなんて驚くわね。葵だってきっと驚いたと思うわ」

怒りを抑えた緑の声も、震えていた。

「誰だよ、葵って！　意味わかんねえよ！」

武井の声に次第に泣き声が混じってくる。

「わたしのたったひとりの妹。小さい時からずっと身を寄せ合って生きてきた。とても優しい子だった……」

「じょ、冗談だろ！　あんなの、ちょっとしたシャレじゃねえかよ！」

地べたに這いつくばり、土下座せんばかりの姿勢で発せられたそのひと言に、緑のこめかみがピクリと動いた。

「見知らぬおばあさんと一緒に吹っ飛ぶなんて、あなたにとって人生最大のハプニングね」

緑の迫力に武井は顔面蒼白になり、手足をばたつかせてもがいた。

遠くて声までは聞こえないが、その一部始終を対岸で見ていた捜査一課と特命係は、一方で池の手前の低木の陰に滑り込んできたＳＡＴの姿を認めた。黒い制服を着た狙撃者たちは三々五々準備を整え、ライフルの銃口を緑に向かって固定させている。

そのとき、周囲の様子を窺っていた尊が、木立の陰を飛び出した。

「お、おい！　ちょっとなんだよ、あのバカ！」

伊丹が小声で叫んだときには、尊はもう引き止められないところまで進んでいた。その尊の背中を見て、右京が言った。

「神戸君は知り合いのご婦人と話をしに行くだけです」

捜査一課の三人は訳もわからずに狼狽《うろた》えて交互に右京と尊を見遣った。


尊は真っ直ぐに緑の方に向かいながら、振り向いて木陰に隠れているSATの狙撃手の位置を測り、牽制の視線を送った。

緑まで数メートルのところまで歩み寄った尊は、先ほどからすでに気付いていてじっとこちらを見ている緑と目線を合わせた。

「止まりなさい！」

一旦止まった尊がさらに近づいてくるのを見た緑が叫んだ。そこで初めて周囲を見回し、物陰に隠れた警察に包囲されている自分を知った。

「杉下さんね、ここ、突き止めたの」

「ええ」落ち着いた声で尊が答える。

「一度だけ言うわ。みんなのとこへ戻んなさい。お願い」

渾身の力を込めた声で、緑が懇願した。

「嫌です」尊はゆっくりと首を振った。

「そう。じゃあ、一緒に連れて行くわ」

緑は右手に握ったリモコンをこめかみの高さまで上げ、いまにもスイッチを押さんばかりに尊を睨んだ。そのとき、尊が静かに口を開いた。

「あなたはぼくのことを〝新芽〟と言いました。まだ芽吹いたばかりの初々しい新芽だと。ミス・グリーン、あなたに新しい芽は摘めません」

じっと睨みあっていた緑の瞳に、じわじわと光るものが浮かんできた。その視線を受け止めて尊の目が柔らかく何かを語りかけていたが、やがてそこにも涙がにじんできた。

「ずるいのねえ……」

しばしの沈黙が流れた後、緑は涙交じりの声で呟き、脱力したように掲げた腕を降ろした。

ゆっくり歩み寄った尊は、緑の両手からリモコンと爆弾を静かに取り上げた。

「よーし、確保しろ!」

その瞬間、伊丹の掛け声とともに刑事たちが動き、緑に駆け寄った。狙撃手たちは銃口を外し、緊張が一気に解けた。

「大丈夫ですよ」

緑を取り押さえようとした伊丹に、尊が声をかける。緑は落ち着いたしぐさでバスケットからカーディガンを出して羽織り、連行される準備を整えていた。

「ミス・グリーン、手錠の鍵はどこでしょう?」

右京が穏やかに訊ねる。

「オルゴールのなかに」

緑はバスケットを指した。そこから鍵を得た伊丹は、武井の手錠を外した。

拘束を解かれた武井は緑を睨み、「ふざけんなよ、ババア!」と飛びかかろうとした。

伊丹と芹沢に押さえられてもがく武井の前に、右京が進み出た。

「ふざけてるのはきみのほうです」

「ああ? 俺は被害者なんだよ!」

武井はここぞとばかりに怒鳴り散らす。

「きみは犯罪者です」

「ハァ!?」

自らの罪の重さに思いも至らないこの愚か者を前に、右京の怒りが爆発した。

「人のバッグを勝手に池に投げ捨てるのは、立派な窃盗罪ですよ。力のないお年寄りが池に落ちたらどうなるか。ましてや、それを見せ物にしようなどと! そのふざけた考えが、ひとりの人間を殺したんですよ!」

右京の落雷のような一喝は果たして武井の胸に届いたかどうかはわからないが、緑の胸の内を代弁して余りあるものだった。

「行くぞ、オラ。おい、連れてけ！」

うな垂れる武井を伊丹と芹沢が両側から抱え、引っ立てていった。

右京はベンチの上に置かれたオルゴールを大事に両手で包み、緑の前に進んで差し出した。無言でそれを胸に抱き取った緑は、右京をじっと見つめて帽子から黒いベールを降ろし、顔を覆った。そのベールの向こうで、大粒の涙が緑の頬をつたった。

杖をつきながらゆっくりと歩き、警察のワゴンに乗る直前に、緑が振り返った。右京と尊の顔をじっと見つめ、何かを言いたげに唇がわずかに動いたかに見えたが、何も言わずに深く頭を下げた。右京と尊もお辞儀を返した。

「礼は言いませんよ。交渉役としてぼくは最も有利でした。合理的な判断です」

走り去るワゴンを見送った尊が、右京に向かって言った。

「礼など期待してませんよ」

ニッコリと笑う右京の顔を見て、尊の表情もようやく緩んだ。そこで改めて右京が尊に訊ねた。

「ところで、狙撃手を擁するSATは警備部の所属です。きみも確か、警察庁へ行く前は警視庁の警備部でしたねえ」

「何が言いたいんです？」

「きみの立ち止まったあの場所は、狙撃手が最も確実に的《まと》を狙える、その弾道上にありました。きみはまるで、ミス・グリーンの盾になるように立った。きみがあの場所を動かない限り、狙撃手は撃つことができなかったでしょうねえ」

その言葉を聞いて右京の顔をじっと見返した尊は、自嘲するように笑ってこう言った。

「偶然でしょう。ただのハプニングです」

それが照れ隠しのためか振り向きもせずに歩み去ろうとする尊に、微笑みを投げかけて右京も歩みを進めた。

第四話
「錯覚の殺人」

一

特命係は雑用係。どんな小さな取るに足らない仕事も、警視庁の吹き溜まりのようなここに集まってくる……理解してはいたが、まさかこんな仕事まで回ってくるとは。神《かん》戸尊《べたける》は不平不満というよりはむしろ新鮮な驚きを禁じえなかった。

今回の使命は、大手民放テレビ局・セントラルテレビに送り付けられてきた封筒入りの白い粉を分析し、報告するということだった。爆発物か劇薬か、慌てふためいたセントラルテレビの総務部担当者が警視庁に連絡し、その分析と報告が特命係に委ねられたのだ。

分析の結果、純度百パーセントの小麦粉。正確にはうどん用の中力粉だと判明した。わざわざ訪問してその結果を伝えにきたふたりの刑事を前にして担当者は「でも、差出人もないし、てっきり不審物かと……」と頭を搔いた。

「こちらの子供向け番組で、先週、うどんを作るというお話があったそうですね」

右京の言葉を受けて、担当者が部屋の壁に貼ってある番宣のポスターを指した。

「子供向けって……ああ、こちらでしょうか」

トラの着ぐるみを着たキャラクターが手を振っているポスターである。右京はそれを見て頷いた。

「ええ、〝あつまれトンチッチ〟。たしか最近の回で、いたずら好きの彼のせいで粉がなくなり、うどんが打てなくなるという内容のものがあったとうかがっていますが」

「要するに、番組を見た子供が不憫に思って粉を送ってきたんです。宛て名が金釘流《かなくぎりゅう》だったことも、差出人を書き忘れたことも、全て納得できます」

先ほどからつまらなそうに黙っていた神戸尊が種明かしをすると、担当者は自分たちの早とちりを恥じて苦笑いをした。

「ああ！　そうだったんですかあ、申し訳ありません」

「いえ、何事もなくて、こちらとしてもホッとしています」

右京は丁重に頭を下げた。


「この手の雑用も特命係の仕事ってわけですか」

局のロビーを歩きながら、尊が不平を漏らす。

「雑用ですから、ぼくひとりで構わないとあらかじめ言いませんでしたか？」

「ああ、ちょっと！」受付にセキュリティーチェックのための入館証を返そうとする右京を、尊が慌ててとめた。「せっかくテレビ局に来たんですし、どうですか？　見学がてら食堂でランチでも」

尊の提案にまんざらでもないようすの右京は、「おや、もうそんな時間ですか」と腕時計を見た。すでに十一時半になっていた。

そのとき、受付脇を制作の人間らしきふたりが、慌ただしく玄関に向かって走っていくのが見えた。

「ああ、お見えだ」

プロデューサーと思しき男が指さした先には、入り口で車を降りて颯爽とこちらに歩いてくるスーツ姿の中年男性がいた。

「ああ、遅くなって申し訳ない」

中年男性は片手をあげて挨拶をした。

「いいえ。今日はよろしくお願いします」深々と頭を下げたプロデューサーは、ADらしき若者に「車、駐車場に回しといて」と指示した。

「いや、すいません、お忙しいとこ。これ、お願いします」歩きながらプロデューサーから入館証を受け取った中年男性は「いやいや。こちらこそ、本当に申し訳ない」と重ねて謝りながら入館証を首に掛け、足早にスタジオの方に向かっていった。

「好田究《こうだつとむ》、知覚心理学の教授です。最近、よくテレビに出てるんですよね」一群を見送りながら尊が言った。右京も興味をそそられたらしく、振り返ってその中年男性の後ろ姿をじっと見ている。「さすがに杉下さんも見覚えがあるんですね」尊が感心すると、右京は首を振った。

「いえ、ぼくはそれは存じ上げませんが……」

言いかけたところで玄関まわりが急にざわめきだした。

「おい急げ！」

大勢の警備員たちが血相を変えてスタジオの方に向かって走っている。

「あの、どうかしましたか？」

受付のひとりが警備員を捕まえて訊ねた。

「それが、Aスタジオで女性がひとり、階段から落ちたらしくて」

息を切らせてそう言うと、警備員は再び走っていった。

「大事に至らなければいいのですがねえ」

右京が心配そうにスタジオの方をかえりみた。

二

Aスタジオで階段から落ちた女性社員は不運にも死亡した。名前は山名絵美、二十四歳。セントラルテレビの総務部に所属していた。発見したのは警備員で、午前十一時二十五分のことだった。

現場には早速、捜査一課の伊丹憲一、三浦信輔、芹沢慶二がやってきていた。

「おい、ここから落ちたのか？」

三浦が実際に絵美が落ちた場所に立って下を覗いた。床には仰向けに倒れて事切れている絵美が見える。スタジオ内といえどもかなりの高さである。

「鑑識の話だと、手すりに両手の指紋があったそうです。ちょうどこんな感じで」

芹沢が両手で手すりのパイプを摑み、前のめりの姿勢をとった。それを見た伊丹が、

「うーん、なんらかの理由で身を乗り出したはずみに、バランスを崩して真っ逆さまってわけか」と芹沢と同じポーズをとった。

「なんでまた、下を覗き込んだ？」

首を傾げた三浦がやはり手すりから身を乗り出したところへ、下の方から聞き覚えのある声がした。

「これのせいじゃないですか？」

見ると階段の死角になっている場所から神戸尊が出てきて、ビニールの小袋に入った何かを上に掲げて見せている。

「ああっ、特命係！」

三人が同時に声を上げ、急いで階段を降りてくる。

「警部殿、お早いお着きで」

尊の後から現れた右京に、三浦が皮肉を投げかける。

「いえ、たまたま別件でお邪魔していたものですから」

「別件といっても、取るに足らない雑用ですけどね」

付け足した尊の手元を芹沢が指さした。

「それってリップグロスですか？」

「ええ。遺体のすぐそばに転がっていました。おそらく、踊り場で誤ってこれを落とし、慌てて下を覗き込みバランスを崩して転落した、そう考えるべきでしょうか」

尊なりの推論を披露すると、伊丹が煙たそうな目で睨んだ。

「その程度のことは、ご指摘いただかなくてもこちらでもわかることですから」

「ですよね」

尊が軽くかわす。すると右京が前に進み出て言った。

「果たして、そう決めつけていいものでしょうかねえ。今日、こちらのスタジオは使用されていませんでした。無人のスタジオで、しかも番組制作とは無縁の総務部の社員が、なぜここを訪れる必要があったのでしょう？」

「ん？　つまり単純な事故ではないと」

問い返す尊に右京は右手をあげて制した。

「まだそこまでは。ただ、事故と決めつけるのは、いささか早計だと思いますよ」

いつもながら理屈っぽい右京に伊丹は舌打ちをして、「おい、総務部行くぞ」と三浦と芹沢をせき立ててスタジオを出ていく。

三人を見送った尊がふと足元の死体を見て思い出したように顔を背け、「ご覧にならないんですか?」と右京に声をかける。右京は死体の脇にしゃがみ込み、じっくりと観察をはじめた。


総務部のフロアへ赴いた捜査一課の三人は、同じセクションの社員を集め、事情聴取をしていた。

「亡くなられた山名さんがいつから席を外していたか、わかりますか?」

伊丹が訊ねると、同僚の女性社員が答えた。

「たぶん十一時頃だったと思いますけど」

「どこに行くかは言っていかなかったんですか?」

芹沢の質問には、セクションのリーダーらしき男性が進み出た。

「いえ、ウチは他の部に備品を届けたりして、結構出たり入ったりしてますから、いちいち報告などは」

そのリーダーに伊丹が重ねて、「その時の彼女の様子に何か変わったことは?」と訊ねると、リーダーは「さあ……」と首を傾げた。

「山名さん、どういう方でしたか?」

今度は三浦が角度を変えて訊く。

「真面目で、若いのに気が利く、優秀な社員でした」とリーダー。

「交遊関係はどうです？　親しくしていた男性とか」

伊丹の問いには女性社員が答えた。

「さあ。彼女、あんまり自分のこと話さなかったから」

「社内に恋人でもいたんじゃないですか？」

いつの間にか背後にいた尊が首を突っ込むと、伊丹がジロリと睨む。

「横から余計な口出しはしないでもらえませんか」

「失礼。彼女、仕事中は髪を束ねていたみたいですけれども、転落した時はほどけていました」尊はデスクの上にあった職場でのスナップ写真を掲げた。「てっきり恋人か誰かとこっそり会ってたんじゃないかなと思いまして」

この新鮮な見解に捜査一課の三人も心を動かされたようで、三浦が尊の質問を引き継いで「どうでした？」と訊ねる。

「私には心当たりは。池谷くん、どう？」

リーダーが最も若手と見られる男性社員に振ると、

「いえ！　ぼくも何も……」

池谷と呼ばれたその社員は、心なしか高いトーンで否定した。

そこまで聞いた捜査一課の三人は、「何かあったらここへ」と名刺を置いて、絵美の自宅マンションへ急いだ。

　捜査一課の事情聴取のあいだじゅう絵美のデスクを仔細に調べていた右京だったが、もう気が済んだのか、尊とともにそれとなく一課の三人の後についてフロアを出る。その気配に気付いた伊丹が、廊下を曲がったところでクルリと振り向き、「杉下警部、あとはわれわれでやりますからお引き取りいただいて結構です。神戸警部補殿もご協力ありがとうございました」と牽制した。

「仕方ありませんね。引き揚げるとしますか」

　尊が出口の方向へ歩き出そうとするのに対して、右京は逆の方向に足を向けている。

「あっ、そっちじゃないですよ、杉下さん」

　尊が引き止めると、右京はしれっとした顔で、「テレビ局に来る機会などそうそうありませんからねえ。ランチはともかく、少しぐらい見学していってもバチは当たらないでしょう。あっ、きみは帰ってもらっても構いませんよ」と応じ、ひとりでスタスタと歩き出した。

　相変わらずつれない上司である。仕方なく尊はひとり出口へ向かったが、溜め息をひとつ吐き、思い直して右京を追い駆けた。

見学と言いつつ、案の定右京は独自に捜査を続けるつもりだったのだ。尊がついて行くと、右京は転落現場と隣接しているスタジオに赴いて聞き込みを始めた。

「転落したのは十一時から二十五分の間とみられます。その時刻に不審な声や物音など耳にされませんでしたか？」

右京が相手に選んだのは、先ほど受付脇で見かけたプロデューサーの大岡だった。

「いやあ、いくら隣だからといって、防音の利いたスタジオですからね。ドアが閉まってれば何も聞こえません」

「大岡さんはその時間、どちらに？」

尊が脇から訊ねた。

「私は朝からずっとここにいました。あっ、そうそう、十一時半前には好田先生を迎えにロビーに出ました」

スタジオではバラエティ番組の収録の準備が進んでおり、大岡の示した先にはその好田本人がいた。

「あちらにいらっしゃる方がひょっとして？」

右京が好奇心に溢れる目を向けると、「今日のゲストの好田先生です。先生！」と大岡が声を掛けた。

「こちらは警視庁の……」

好田に歩みよった大岡が紹介しかけると、右京は自ら進み出た。

「杉下と申します」

尊も名乗って警察手帳を出す。

好田は有名人とは思えない謙虚な笑顔で「はじめまして」と頭を下げた。

「実は隣のスタジオで、うちの女性社員が階段から落ちて亡くなりまして、それを調べてるそうです」

大岡が説明すると好田は、顔を顰《しか》めた。

「そうでしたか。そんな事故が起きていたとは」

「正確には事故か事件か、まだ確証はありませんが」

右京に言葉を正された好田は「事件ですか？」と驚きの声を出した。

「皆さんにお訊きしています。十一時から二十五分までの間、先生はどちらにいらっしゃいましたか？」

すると大岡が割って入った。

「ちょっと待ってください。刑事さん、さっき言いましたよね？　十一時半には私が先生を迎えにロビーのほうに……」

「ああ、そうでした。では、その時刻には……」

右京が言いかけると、「車で向かう途中でした」と好田は答え、続けて「本当は十一時までに入る予定だったんですが、渋滞で遅れてしまって」と済まなそうに大岡を見た。

「いいえ、十一時前には電話をいただいてましたから、なんの問題も」

大岡は笑顔で好田に頷いた。

「ぶしつけな質問で失礼しました」懇懃に詫びを入れた右京は、「実は、こちらが気になってましてね」と好田の後ろの台の上を指した。そこには番組で使うのかさまざまな図案が並べられていた。

「ああ、ハハハ。錯視《さくし》を起こす図形の数々です」

好田は笑って応えた。

「錯視というと、つまり目の錯覚ということですねえ。よろしければ拝見させていただけませんか？」

「構いませんよ」

右京のリクエストに応じた好田は、手元のパネルを示して錯覚に基づく事例を実演してみせた。それは青い四本の直線の水路の絵で、背景の模様のためにそれぞれ四本が傾いて見えるが、実は平行だった……というようなものだった。

右京と尊が感動の声を出すと、好田は気をよくしたのか用意してきた紙袋から三本の湾曲した鉄道模型のレールを取り出した。

「形の錯視だったら、物を使っても簡単に作れます。ちょっと失礼」好田はそれら三本を机の上に微妙にずらしながら縦一列に並べて見せた。「一番長いのはどれですか？」

　一見して明らかに最も手前のものが長く見えた。尊がそう答えると、右京が好田の顔を窺った。

「最も手前、と言いたいところですが、おんなじ？」

「正解です」

　好田が笑顔で賞賛し、右京は珍しく子供のようにはしゃいだ。好田が解説する。

「扇形の図形を並べた時、同じ大きさでも下のほうが大きく見える、典型的なジャストロー錯視です」

「錯覚というと、もっと単純な矢印のようなものを想像していたのですが、どれも美しいですし、実に奥が深い」

　心から感心する右京に大岡が言った。

「先生は錯覚の研究の第一人者ですから」

　それを照れ臭そうに聞いていた好田は、「本来は、視覚の情報処理を脳がどう行うかを調べるのが専門なんですが、この手の図形やCGを作るのが面白くなってしまって」と素直に告白した。

「わかる気がします。人が驚くさまを見るのは、存外楽しいものでしょうから」

「正直、それもあります」

笑みを交えて応えた好田に、右京がいかにも重要なことを思いついたようにワンテンポ置いて言った。

「人の目を欺き騙すという意味では、錯覚と犯罪は通じるものがあるのかもしれませんね」

「だとしたら、刑事さんも目に見えたものをそのまま信じないほうがいいかもしれませんね。人間の脳は錯覚に陥るようにできていますから。ハハハ……」

別の出演者がスタジオ入りしたのを機に好田と大岡がその場を離れていく。それを見送りながら、尊が右京に小声で耳打ちした。

「ぼくも杉下さんを見誤っていましたよ」

「はい？」

「想像以上に演技派だということがわかりました」

「どういうことでしょう？」

右京が尊の顔を見返す。

「興味を持ったのは、錯覚ではなく好田教授のほう。違いますか？　でも、また、なんで？」

尊の疑問に右京は素直に答えた。

「教授にふさわしい仕立てのいいスーツです。なのに、あの靴はいただけません」

好田はグレーのスニーカーを履いていたのだが、実は右京は最初に玄関で好田を見かけたときから、その足元に注目していたのだった。

「車の運転用じゃないですか？」

大した問題ではないとでもいうように尊が応ずる。しかし右京はそれを無視して、傍らにいたＡＤを捕まえて訊ねた。

「ちょっと失礼。好田教授ですが、こちらの局に見えたのは今日が初めてでしょうか？」

「いえ、打ち合わせや軽いリハーサルで何度か」

「その日付や、お見えになった時刻はおわかりになりますか？」

ＡＤが予定カレンダーを出してみせる。

「あ、はい。これですけど」

受け取った右京は目を皿のようにしてそれを眺めていたが、やがて何かに思い当たったように虚空を見つめた。

「不思議ですねえ。山名絵美さんのカレンダーに書かれていた数字と、ぼくにはまったく同じに見えます」

総務部のフロアで捜査一課が聞き取りをしている間、右京は絵美の机の上のカレンダーに注目し、その日付と時間のメモまで頭に入れてしまっていたのだ。

「ただの錯覚でないとしたら、どういう偶然でしょう?」

右京は呟き、にんまり笑った。


一方、絵美のマンションを捜索している捜査一課の三人は、大した成果もなく苛立ちを募らせていた。

「やっぱりただの事故かもなあ。チッ、仕方がない、ひとまず戻るとするか」

三浦が諦めたように投げやりな声を上げた。やはり諦めムードに駆られた伊丹は芹沢の首に背後から腕を回し、意味深な耳打ちをした。

「おい、おまえ、セントラルテレビに戻って、特命に張り付け。どうせまだウロウロしてんだろう」

「張り付くって、何するんです?」

芹沢が胡散臭げに伊丹を見遣る。

「いい機会だから、あの〝ソン〟って警部補、ちょっと探ってみろって言ってんだよ」

「神戸のことか? またどうして?」

訊ねたのは三浦だった。

「おかしいと思わないか?」伊丹が腹に一物あるような顔で続けた。「警察庁の警備局っていったら、超のつくエリートだ。しかも警視庁の推薦組だぞ。そんな奴がなんだって特命係になんか来る？　絶対、何かロクでもないことをしでかしたに決まってんだよ！」

「そんなこと調べてどうするんですか？」

芹沢の返答に心なしか蔑みの響きを聞き取った伊丹は、「何かの時に役に立つかもしれねえだろ、あ？」

芹沢の首に巻かれた伊丹の腕に力が入った。

三

右京と尊は、社員食堂を訪れていた。絵美の総務部の同僚、池谷に改めて話を聞くためだった。スタジオを出て総務部のフロアを訪ねたら、食事に出ていると言われたのだ。池谷は遅めの昼食をとっているところだった。

「こちら、よろしいですか？」

右京が隣の席を指す。

「あっ、はい、どうぞ」

刑事ふたりに囲まれ、緊張した池谷は急いで口中のものを呑み込み、箸を置いた。

「池谷さん、でしたね？　先ほど、亡くなられた山名絵美さんの異性関係についてお伺いした時のあなたの反応が少し気にかかりましてね」

「えっ？」

「あなたが交際相手だったりして。フフ……」

尊の言葉に、池谷は狼狽ぎみに首を振った。

「そんな！　違います。ぼく……フラれたんです。だから、疑われるかもしれないと思って」

両手を膝についてうな垂れた池谷に、さらに尊が突っ込んだ。

「フラれた？　じゃあ、彼女には他に付き合っていた人がいたということ？」

「その相手のことで悩んでるみたいで」

「相手って、何者なんですか？」

重ねて尊が訊ねる。

「名前も職業も、具体的には何も言ってなかったけど、かなり年上で、それこそ父親ぐらい離れていて、地位のある人みたいでした。医者か、弁護士か何か」

「どうしてそう思われるのですか？」

今度は右京が訊いた。

「その相手のことを《先生》って呼んでたから」

右京と尊が目を見合わせる。

「それ以上は詳しいことは何も。もういいですか？」

心の傷口にもう触れられたくない、とばかりに池谷は上目遣いで刑事を見た。

「お忙しいところ、ありがとうございました」

右京は丁寧にお礼を言った。

「まさかとは思いますが、本気で好田教授を疑ってるんじゃありませんよね？」

池谷が社員食堂を出て行くのを見送って、尊が訊ねた。

「教授がこの局に来た三日間、しかも時刻まで正確にメモしてあったんですよ。彼女と教授の間に何もなかったと考えるほうが不自然だとは思いませんか？」

「いや、しかし……」

尊が反駁《はんばく》しかけたところへ、右京の携帯が鳴った。鑑識課の米沢守からだった。

――杉下警部はいま、どちらに？

「テレビ局を見学しているところです」

――当然、女性社員転落死事件を捜査されてますよねえ？

「被害者の通話記録の分析なども、もう始まってますよね？」逆に右京が訊ねる。

――ああ、ちょうど目の前にあります。

「その中に〝コウダ〟という名字の人物はいませんか？」

――ちょっと待ってください。あっ、ありました。ああ〝コウダツトム〟。かなりの頻度で登場してきてますねえ。

「そうですか」右京は満足気に頷いた。

——伊丹刑事と三浦刑事の話を小耳に挟んだんですが、間もなくそちらに芹沢刑事が姿を見せるかと。おそらく手柄を横取りするために送り込まれたんでしょうなあ。

「どうもありがとう。大変役に立ちました」

噂をすれば影、右京が携帯を切ると同時に芹沢が現れた。

「あ〜れ？　まだいたんですかあ〜？」

偶然を装って作り笑いをした芹沢は、「お待ちしておりました。行きましょう」と右京に言われ、目を白黒させた。

尊と芹沢を従えた右京は、再びスタジオを訪れた。

「刑事さん……」

右京を認めた好田が、わずかに眉を曇らせた。

「てっきり、もう収録が始まっているのかと思ってました」

右京は屈託のない笑顔で好田の脇に歩み寄った。

「照明の調整に手間取っているようで、待たされています」

「それでは、少しだけお話よろしいですか」

「ええ。よほど錯視に興味がおありのようですね」

「いえ、今度は事件のほうのお話です。隣のスタジオで亡くなられたのは、総務部の山名絵美さんという方でした」

「山名くんが？」

　好田の顔色が変わった。

「やはりご存じでしたか」

「ええ。一昨年まで私のゼミにいました」

「つまり、教え子のひとりだった？」

　脇から尊が訊いた。

「ええ」

「山名さんのデスクにこんなメモが残っていました」

　尊が内ポケットから手帳を出してカレンダーの書き込みを写し取ったものを見せると、それを一瞥して好田は即座に言った。

「ああ、私の入り時間でしょう」

「よくすぐにおわかりですね」

　右京が突っ込むと、好田は当然のごとく応えた。

「別に不思議はありません。この番組に出演が決まった時、彼女に電話でその話をしました。スケジュールも決まっていたので、スタジオに顔を出すよう伝えたんです」

「きっちり筋が通っていますね」

尊が右京の耳元で囁く。好田はさらに続けた。

「もっとも、今日は遅刻してしまって、その時刻にはまだ……」と言葉をそこで切り、何かに思い至ったように「まさか」と眉間に皺を寄せた。

「何か？」右京が訊ねる。

「いや、ひょっとして、彼女は私に会うためにスタジオを訪れようとして……」

「あっ！　間違えて隣のスタジオに入り込んで、そこで足を滑らせて……」

先ほどから丁寧にメモを取っていた芹沢が割り込んできた。

「だとしたら、彼女の死には私にも責任がある」

神妙な顔で俯く好田に、右京は冷たい視線を送った。

四

セントラルテレビの玄関に向かってスタスタと歩む右京の後を追いながら、芹沢と尊はヒソヒソ話をしていた。

「杉下警部は好田教授のことを疑ってるんスか？」

芹沢が訊ねる。

「うん。でもまあ、これで疑いは晴れたはずだよ。亡くなった彼女のカレンダーの件も、無人のスタジオに行った理由も、全て説明がついたんだからさ」

ふたりの会話が聞こえていたのか、右京は振り向きもせずに言った。

「通話記録などから山名絵美さんと接点があった事実が判明することまで、おそらく好田教授には織り込み済みだったのでしょう」

「まだきっちり疑ってるみたいっスけど」

芹沢が顔を顰めると、「懲りない人だねえ」と尊が苦笑した。

ふたりの反応も余所《よそ》に、ロビーに出たところで立ち止まった右京は独演会のごとく身振り手振りを交えて語った。

「本来ならば教授は十一時に到着するはずでした。なのに、それが三十分遅れた。そして、その三十分の間に親しかった教え子の女性が不審な死を遂げた。なおかつ、教授が到着すると同時に彼のアリバイを担保するかのように事件が顕在化した。まるで計算しつくされて描かれた絵のようではありませんか？」

それを拝聴していた尊が反論する。

「仮に山名絵美さんが殺されたのだとしても、犯行時刻、好田教授は車でここに向かう途中だったんですよ」

「それはあくまで教授自身の供述です」

「お言葉ですが、ここはテレビ局なんです」そう言うと尊は気障《きざ》なしぐさで指をパチリと鳴らし、傍らのカウンターに歩み寄って受付の女性に訊ねた。「局内に入るには、ここを通らないといけないんだよね？」

いきなり訊かれた女性は戸惑いながらも、「はい。社員証のない方は入館証が必要ですから」と答えた。

それを頷きながら聞いた尊は、「なおかつ部外者は、日付の入った臨時のパスがないと入れません」勝ち誇ったように右京に告げ、続けて同じ女性に訊ねた。「好田教授はいつ来たの？」

「十一時三十分に制作の大岡さんとご一緒に入られています」

入館記録を調べて答えた女性にお礼を言って尊は続けた。

「それ以前に入らなければ、犯行は不可能です。なんだったら、監視カメラ調べてみましょうか」

尊の反論をどこ吹く風と聞き流していた右京は、「それには及びません」と右手を上げて制した後、受付脇の壁に貼ってあるポスターを指して、「ちょっと失礼。この番組の収録場所はどちらでしょう？」と受付の女性に訊ねた。それは《LUNA《ルナ》 CRISIS《クライシス》》というときめくアイドルミュージシャンのライブ番組だった。

三人はスタジオの裏手に回ってみた。そこでは機材を運び込むためのスタッフが全員、《LUNA CRISIS》のロゴが入ったジャンパーとキャップを被って作業をしていた。

「じゃあ、十一時頃にはこの扉は全開してたんだ」

トラックが着けられた裏手の搬入口を指して芹沢がスタッフのひとりに確かめる。

「何人ぐらいの方が出入りされていたのでしょう？」右京が質問する。

「ルナクラともなると、機材もハンパな量じゃないから、搬入専門のバイトさんも入れて五十人はいましたけど」

「皆さん、そのジャンパーにその帽子を？」

右京はメタリックに光る派手な服装を指した。

「ええ。特番だし、気合入れて揃いにしてみたんです」

スタッフが自慢気に胸を張る。

「このカッコしてれば、ひとりぐらい紛れ込んでもわかんないかもしんないっスねえ」

芹沢が呟く。続いて尊が訊ねる。

「搬入は何時ぐらいまでかかったんです？」

「十一時すぎだったと思います。十五分くらいかなあ」

尊はそれをメモにとった。

その搬入口から局の内部に入った三人はスタジオ裏の通路をたどってみた。芹沢が廊下に設けられた黒い扉を指す。

「駐車場出口？　ってことは、ここからも出入りできるってことですか」

「そう簡単にいかないと思いますよ」尊はドアを開け「どうぞ」と芹沢を外に送り出す。

「ああ、どうも」一旦外に出た芹沢だったが、なかに戻ろうとドアのハンドルを回すと、これがビクとも動かない。「ちょっと！　開けてください！」ドアをドンドンと叩くのを聞いて、尊が内側からハンドルを回してドアを開け、ストッパーで固定した。

「駐車場から入るには臨時のパスではなく、社員専用のＩＤカードが必要なようです」

ドアの外側脇に据え付けられたセキュリティー設備を指して尊が解説する。

「しかし、たとえ部外者であっても、ここを使えば外に出ることは可能なようですねえ」

「なるほど」

芹沢は納得して頷いているが、尊はまた反駁した。

「お言葉ですが、人目に触れずに出て行くのは難しいと思います。ほら」

尊の指した先には奇抜な服装をした少女たちが列をなし、こちらを注目していた。

「全然違うじゃーん」

列のなかのひとりが右京たちを見て失望も露わに叫ぶ。尊が少女たちに歩み寄って訊いた。

「ねえ、この列、なんの列？」

「えっ。ルナクラのライブですけど」

どうやら番組はスタジオでの公開ライブらしい。

「失礼ですが、何時頃からこちらにいらっしゃいましたか？」

右京に訊ねられた白い大きなリボンを髪に着けたメイド風の衣装をまとった少女はちょっと考えてから、「何時って……九時すぎから？」と答えた。

「待ってる間に、あの扉から誰か出てきたりはしませんでしたか？」

重ねて右京が訊ねると、「別に誰も出てきてないと思いますけど」と曖昧に答える少女の脇から、黒ずくめの少女が異を唱えた。

「あっ、いたじゃん。ほら、タッチャン便の配達の人」

それを聞くとメイド風の少女も思い出したように同調した。

「ああ、いたいた。いつものユニホーム着てたし」

「その配達の方が出てきた時刻、わかりますか？」

右京の問いにメイド風少女が記憶をたぐる。

「あたしがお昼買いに行くちょっと前だったから、十一時半ちょっと前じゃない？」

それを聞いた右京は深く頷いた。

「見慣れた制服を着た人間ならば誰も注目しない。古典的なトリックですが、効果はあったようです」

駐車場出入り口を使って再び局の内部に戻りながら、右京が言う。

「これも錯覚ってわけか」

尊は負けを認めたようだった。

「正確には心理的盲点と言うほうが正しいでしょう」

右京が右手の人差し指を立てる。

「なるほど」

頷いた尊と肩を並べてその場を去ろうとする右京が、突然立ち止まって踵を返した。

「ひょっとして、何かなくなっているのではありませんか？」

廊下に置かれた衣装スタンドの前で整理をしている女性はいきなり訊ねられ、驚き顔で振り向いた。

「失礼」警察手帳を出して身分を明かした右京は、改めて「こちらは番組に貸し出された衣装ですよねえ」とびっしりとスタンドにつるされた服を指した。

「はい」

「ずっとここに置かれていたのでしょうか？」

「ええ、昨日の収録で使った分ですから。で、回収に来たんですけど、五十八点納品したのに五十七点しかなくて」

図星をさされたのであった。

「なくなったのは、この色のシャツではありませんか？」

右京はたまたま壁に貼ってあった《タッチャン便》のポスターを指し、そこに写っている作業員の水色の制服を指した。

「いや、色までは。シャツなんかはまとめて何点って扱いですから、倉庫に戻って在庫と突き合わせてみないとはっきりしたことまでは……」

「お忙しいところ……」

礼を述べかけた右京だったが、何かを見つけたらしくいきなり廊下をダッシュしていく。右京のターゲットはゴミ箱だった。

「ああ、ちょっと！　杉下警部……」

三つ並んだゴミ箱のなかを覗いただけでは気が済まず、それをひっくり返したのを見て芹沢が慌てて声を上げた。

「なくなったシャツがあるとでも？」

尊が問う。

「あるとしたら別の物を期待したのですが、回収されてしまっているようです」

何が何だか見当もつかない芹沢が首を傾げて、「何を言ってるかわかります？」と尊に訊いた。

「おおよそはね」と尊が頷く。

「ついていけてんだ！　もうもうもう……」

地団駄を踏みながら床に散らばったゴミを回収する芹沢に、右京が依頼した。

「あちらの方と倉庫へ行って、なくなったのが水色のシャツかどうか確かめてきていただけますか？」ここでもパシリを命じられて不満気な顔をする芹沢に、右京は「きみが活躍すれば、一課の先輩たちも喜ぶと思いますよ」と付け加えた。

芹沢がしぶしぶ立ち去ると、尊が右京に訊ねる。

「まさか教授が配達人になりすますためにシャツを盗んだと、本気で思ってるんですか？」

それを受けて右京は自分の推理を滔々と披露した。

「こんなストーリーはどうでしょう？　好田教授は音響機材の搬入に紛れてこの局に忍び込み、あらかじめ呼び出していた山名絵美さんを殺害した後、あの出口から駐車場を通って出て行く計画だった。しかし扉の外には、とんでもない邪魔者が待ち受けていた。駐車場の彼女たちは《LUNA CRISIS》というバンドのファンです。もし、そのロゴが大きく書かれたジャンパーを着て出て行けば、当然彼女たちの目にも留まります。下手をしたら声をかけられる可能性さえある。配達人のフリをして彼女たちの目を逃れた教授は、車の中で着替えた後、たった今、到着したような顔で玄関に現れたのです。しかし、急ぐあまり靴を履き替えるのを忘れていた。あたかも事故の後、このテレビ局に到着したように錯覚を起こさせる、いわば騙し絵です」

五

右京と尊はスタジオ裏の楽屋に行き、またしても好田を訪ねた。

「どうかされましたか？」

好田は本番前の空き時間を読書に充てていたようで、手元の本から目を上げて、座ったままふたりを迎えた。

「ひとつ、よろしいですか？」右京が右手の人差し指を立てて「実は……」と言いかけたところに尊がいきなり割り込んできた。

「山名絵美さんとは本当に、ただの教授と教え子という関係だったんですか？」

右京は予想外の行動に出た尊を険しい目で睨んだ。

「どうしてそのようなことを訊かれるんです？」

好田が不愉快を押し殺して聞き返す。

「失礼。もし仮に男女の関係だったとしたら動機が見えてくる、そう思ったものですから」

「動機？」好田が眉を顰《ひそ》める。

「ええ。あなたが彼女を殺害する動機です」

「神戸君！」

あまりにも行き過ぎた発言を右京が窘《たしな》める。好田は目を丸く見開いて呆れ顔で言った。

「驚いたな。警察というのはもっと論理的な捜査をするもんだと思ってましたが。突飛な妄想をする刑事さんもいるとは、新鮮な発見です」

「妄想かどうかは、いずれ明らかになります」

「神戸君」右京が二枚目のイエローカードを出した。

「まさか、私のことを本気で疑っているとでも？」

好田はようやく真顔になり、尊を睨みつけた。

「ええ」

「最初に会った時に言ったように、私がこの建物に入ったのは十一時半だったはずですが」

尊はひるまずに続けた。

「三十分遅れたというアリバイなら崩すことは可能です。本気で捜索をすれば、物的証拠だって必ず見つかるでしょう」

「あなたには、もう一度状況を冷静かつ客観的に見直すことをお勧めしますよ。そうすれば妄想も晴れます」

好田は付き合いきれないという顔で言い捨てた。だが、尊も負けてはいなかった。

「あれ？　目に見えたものをそのまま信じないほうがいいとおっしゃったのは教授ご自身では？」

「その後、私はこう続けたはずです。人間の脳は錯覚に陥るようにできていると」

「最初から錯覚だってわかっていたら、騙される人間なんていないんじゃないですか？」

「察するに、あなたはよほど騙されたり惑わされたりするのがお嫌いなようですねえ……でしたらこんなのはいかがでしょうか？」

椅子から立ち上がった好田は自分のバッグから本を取り出し、ある図版が載ったページを開いてみせた。それは部屋の壁際に置かれた矩形《くけい》の衣装ダンスを描いたモノクロの線画だった。

「この壁のコーナーの線分ａｂと家具の線分ｃｄでは、どちらが長いと思われますか？」

「ａｂです」尊は迷わず即答した。確かに線分ａｂが床から天井までの高さを示しているのに対し、ｃｄはタンスの高さを示している。そしてタンスから天井までの間にはまだ十分空間が残されている。

図版協力：坂田勝亮（女子美術大学）

「どうしてそう思うのですか？」

好田が問い返す。

「天井の高さよりも家具のほうが高いなんてあり得ませんから」

尊が答えると、右京が横から首を出して言った。

「ぼくには同じに見えますが」

それを聞いた好田が残念そうに苦笑いした。

「正解を先に言われてしまいましたね」

「失礼」

右京は内ポケットから万年筆を取り出して絵に当ててみた。確かに、同じ長さである。

「この絵は遠近法が間違っているのでしょうね」

右京と好田は愉快そうに笑い、尊は苦虫を嚙み潰したような表情になった。

「さすがですねえ。二つの線分を比べる際、視覚で感じた長さだけでなく、部屋の高さや家具といった頭で考えた情報が加わることにより、余計に錯覚に陥ってしまう……こういう錯覚もあるんです」

好田は尊に当てつけるように言った。

「さしずめ、頭のいい人間のほうが騙されやすい錯覚、とでも言えるでしょうね」

右京が応ずると、好田はわが意を得たりという顔をした。

「まさにそのとおりです」

「ぶしつけな言葉の数々、お許しください」

右京が部下の非礼を詫びる。好田は背を向けている尊の方をチラと見て、笑みを浮かべて言った。

「いえ、いい退屈しのぎにはなりました」

「そう言っていただくと助かります。失礼」

右京は尊を促して楽屋を後にした。


「きみはよほどぼくの邪魔をしたいようですねえ」

尊を空のスタジオに連れ出した右京が言った。

「間違ったことをしたつもりはありませんよ」

尊は頑なに我を通す。

「きみが何をしようと思っているのかは測りかねますが、ぼくが示したのはあくまでも仮説です。立証できない限り、仮説は証拠にはなりません」

「いえ、証拠は必ずあります。それも、この建物のなかに」

「どうしてそう確証を持って言えるんですか?」

「教授が仮に、宅配便の配達人を装うために水色のシャツを盗んだとしたら、それは確実な物証になります。杉下警部の仮説どおりなら、彼にシャツを処分する時間はなかった」

「確かにその可能性は高いでしょうねえ」

いつの間にか、尊は右京の説の信奉者になっている。

「なおかつ、収録が始まる前の今が、シャツを処分する絶好のチャンスだと考えるはずです」

「盗んだ場所の近くに戻しておけば、勘違いで片づけられますからねえ。なるほど、だからきみは今のように、揺さぶりを仕掛けたというわけですか。しかし、ちょっと安易ですね」

意図は摑めたものの、そのやり方を非難した右京に、尊は鼻息荒く言った。

「安易かどうか、結果が出てから判断願えますか」

「神戸君」スタジオを出て行こうとする尊を呼び止め、右京が訊ねた。「きみ、好田教授に妙な敵愾心《てきがいしん》を抱いてませんか？」

「俺は、自分が人よりも頭がいいと思い込んでる人間が嫌いなだけです」

「なるほど」

右京は今までの付き合いのなかで、尊が自分のことを《俺》というのは初めてだと気付いた。

「あっ、先生、本番、その靴でよろしいですか?」

楽屋の前で待機していたADが、ドアを開けて出てきた好田を呼び止めて訊いた。

「あっ、しまった。運転用の靴から履き替えるのを忘れてしまいました」好田はズボンの裾を上げ、スニーカーに目を落とした。「車に取りに行かないと」

「でしたらぼくが行きます。まだキーもお預かりしてますから」

ADが気を利かせて申し出ると、好田はそれを断った。

「いや、私が行ってきます。ちょっと出しておきたい荷物があったのを思い出したんで。場所ならわかってるから、ひとりで行ってきます」

その様子を物陰から見ていた尊は、隣の右京をチラリと見て駐車場に先回りしようとダッシュした。

「その中身、拝見できますか」

車のドアを開け、助手席に置いてあった紙袋の中身を確かめている好田に向かって、尊が声をかけた。

「なぜ、あなたに見せる必要が?」

好田が開き直ったかのように見えた。

「殺人事件の証拠だからです」

そう言って好田の手から紙袋を奪い取った尊は、食べかけのサンドイッチのパックがなかに入っているのを見て絶句した。

「時間がなかったんで車内で食べてたんです。ここに置いといたら傷《いた》むと思って。なんの証拠でしたっけ？」

好田が勝ち誇ったような顔を尊に向ける。

「神戸君」諦め切れずに車のなかを探そうとする尊を制し、右京は好田に頭を下げた。

「重ね重ね、無粋な真似をお詫びいたします」

「いえ。これに懲りたら、もう私には付きまとわないでいただけますか。特にそちらの刑事さんは」

好田が尊を見下すと、右京が慇懃に言った。

「できる限りそうしたいとぼくも思ってはいるのですが」

「もう行かないと」と時計を見た好田は、肝心の靴を履き替えてないことに苦笑し、

「あ、忘れるところだった」とこれ見よがしに革靴を手に持って駐車場を後にした。

「今の教授の様子から察するに、やはり車のなかにはないようですねえ」

思わぬ結果に肩を落とす尊に、右京が声をかける。

「杉下さんは最初からここにはないとわかっていたんですか？」

「ええ。でなければ教授がこの局に到着した時、ＡＤにむざむざとキーを渡しはしなか

ったでしょう。重要な証拠を積んだままの車のキーにしてはあまりにも無造作でしたからねえ」

「そんなに前から見ていたんですか」

尊は右京の注意力に改めて脱帽し、溜め息を吐いた。

「おかげでひとつ、わかりました」

右京が右手の人差し指を立てる。

「何がです？」

「教授はきみが思う以上に頭の切れる人物だということです」

「フッ。負けを認めろと言うんですか」

自嘲気味に笑う尊に、右京は姿勢を正し、厳しい口調で言った。

「いえ、ぼくは人のことを頭の善し悪しで判断したことはありません。どんなに頭のいい犯人であろうと、そうではない犯人であろうと、人を殺した罪は等しくあがなわなくてはならない。それだけです」

そのとき、右京の携帯が振動音を立てた。相手は芹沢だった。

「何かわかりましたか？」

――はい。でもちょっとおかしいんです。犯人はタツミ急便の配達人の格好をするために水色のシャツを持ち出したはずですよね？

「その口ぶりでは、そうではなかったのでしょうか?」

——はい。なくなったシャツは……。

「はい?」

右京の顔色が変わった。


スタジオでは好田がゲストとして登場する《サイエンスバラエティ　なぜなぜティーチャー》の収録が始まっていた。やはり図形を使って出演者たちを試し、人間の錯覚を鮮やかに暴くという内容だった。

「いや〜、なぜ、なぜ?」

司会者である坊ちゃん刈りのタレントが、最後にこの決めぜりふで締めるというのが番組名の由来らしい。

右京は尊を連れてサブコントロールルームにプロデューサーの大岡を訪ねた。

「これが好田先生の著書ですが」

大岡は所望された好田の本を差し出した。

「恐縮です。拝見します」

本を手にとりパラパラとめくる右京に、尊が問う。

「何をするつもりです?」

それには答えずに一心不乱にページをめくる右京の手がピタリと止まった。

「ぼくとしたことが、大きな見落としをしていたようです。間違いありません。一連の犯行は、やはり錯覚のプロである好田教授でなければできないものでした」

右京のメタルフレームのメガネの縁がキラリと光った。

六

番組収録を無事終えたスタジオでは、緊張の解けた出演者やスタッフらが口々に「お疲れさま」を繰り返していた。好田も次々に挨拶に来るタレントたちにひとしきり愛嬌を振りまいていたが、それもひと段落するとやっと肩の荷が下りたようで、大きく息を吐いた。

するとそのとき、視界の隅にあの刑事たちの姿が飛び込んできて、好田は表情を硬くした。

「まだ何か？　もう私には付きまとわないでほしいとお願いしたはずですが」

「これが最後の最後です」

右京は丁重に頭を下げる。

「最後の最後？」と繰り返して好田は怪訝な顔をした。

「ええ。真相が全てわかりました」

好田は薄ら笑いを浮かべて右京を見遣った。

「こんな所に連れてきて、何をしようというんですか?」

右京と尊は好田を駐車場に導いた。壁にはあの《LUNA CRISIS》の大判のポスターが貼られていた。

「十一時直前、あなたは車が渋滞して三十分ほど遅れると、プロデューサーの大岡さんに連絡をされました」右京が説明しだした。「ですがその時、あなたは既にこの建物のすぐ近くまで来ていました。機材搬入のスタッフに紛れて搬入口から局内に侵入したんです」

「《LUNA CRISIS》は人気バンドです。スタジャンやキャップがネットで購入できることも調べがついています」尊が補足する。

「なおかつ、今日は使用されていないAスタジオで落ち合うことも、あらかじめ彼女と約束していました」

「バカバカしい。あなたまで妄想ですか」

好田は残念そうな顔を右京に向けた。構わずに右京が続ける。

「犯行後、この駐車場に通じる出口から外へ出て、車に戻る計画だったのでしょう。しかし、そこであなたは予想外の出来事に遭遇した。それが駐車場出口前に列をなしていたファンの少女たちでした。そのまま出て行けば、確実に彼女たちの目に留まる。そのことを恐れたあなたは、とっさに自らを目立たない存在にする妙案を思いついた。誰もが見慣れた宅配便の配達人を装うという方法です。衣装部に返却するはずの衣装のなかから一点、紛失していることも判明しています」

尊がここぞとばかりに迫る。

「人の目を欺くのはお得意のはずです。ユニホームと同じ水色のシャツを着て、台車を押して出て行けば、配達人だと思って誰も注意を向けない」

「ひょっとして、そのシャツがあなたたちが捜していた証拠ですか?」

好田は余裕綽々な態度で聞き返した。

「ええ」尊が頷く。

「で、それは見つかりましたか?」

「いえ、まだ……」

言い淀む尊を無視して右京の方に歩み寄った好田は、愛想が尽きたという口調でこう言った。

「杉下さん、あなたはもっと頭のいい人だと思っていました。ですが、今の話では状況証拠にもなっていません。私をどうしても犯人にしたいんだったら、もっと確実な証拠を持ってくるべきです。ありますか? そんなものはどこにもないんですよ」

そう言い捨てて好田がスタスタとその場を去ろうとしたとき、右京が指をパチリと鳴らした。それを合図にスタンバイしていた芹沢がライトスイッチのレバーをガチャリと引き上げた。すると壁一面の《LUNA CRISIS》のポスターに黄色い光が当たった。

同時に歩みを止めた好田の背後に近づいた右京が、「失礼」と断って上着を肩から脱がし、腕を固めてグレーのシャツの胴体を光に当てた。

「ああっ!?」

それを見て芹沢が驚きの声を上げた。

「神戸君、シャツは何色に見えますか?」

右京に訊かれて、尊は溜飲を下げたように、「水色、ですね」と答えた。好田の顔は初めて余裕をなくして引きつって見えた。

「あなたが盗んだのはこのシャツだったんですね?　まるでタツミ急便の制服のようですねえ。芹沢さん!」

「あっ、はい!」

芹沢は右京から預かっていた茶封筒のなかから本を一冊とり出し尊に渡した。受け取った尊はその本の該当ページを開けて蒼ざめた好田の目の前に突きつけた。

「教授のご著書を参考にさせていただきました。背景が黄色ですから、グレーの上にも黄色が、さながらフィルターのようにのっていると思い込み、その部分から黄色を取り除いた色、すなわち水色に見えるように脳が勝手に補正してしまう。タツミ急便の配達人に成りすますためには、水色の制服を着ていたと印象づける必要がありましたからね。しかし衣装のなかに水色のシャツはありませんでした。そこであなたは駐車場の黄色い明かりや背景を利用し、別の色のシャツを水色に見せる方法を取ったんです。錯覚の知識に長《た》けたあなただからこそ、それを瞬時に判断できた」

「証拠はずっと目の前にあったんですね」

明かりを消したため再びグレーにもどった好田のシャツを、尊が指さした。

「命取りになりかねない殺人の証拠を平気で人前で着て、あろうことかテレビにまで映るとは誰も思わない。そんな先入観からわれわれは錯覚に陥ってしまった。このシャツが紛失したシャツだと判明すれば、十分な証拠になると思いますよ。まだ反論されますか？」

放心したような目で右京の顔を見つめた好田は、「見事です。おめでとう」と言って両手をゆっくりと、それはゆっくりすぎるほどゆっくりと叩いた。そのわざとらしい拍手は駐車場いっぱいに空しく響いた。

警視庁に連行され取調室に入れられた好田は、捜査一課の三人の前でまるで別人のように弱々しげに、涙まじりに答えた。

「ふたりでいる時、いつだって、ふいに冷たく哀れむような目で私を見るんです。それが耐えられなくて……彼女のような若い女性が、私のような男と付き合ったこと自体が間違いだったんです。だって現に、他のもっと若い男と一緒にいる時、彼女は実に楽しそうで……」

特命係の小部屋では隣の組織犯罪対策五課の角田《かくた》六郎をまじえて、好田が自白した殺人の動機について議論していた。

「要するに何か？　年下の彼女が、自分よりもはるかに若い男と仲良く飲んでいるのを目撃して、裏切られたと思ったのが動機ってことか？」

角田が不可解な顔で訊ねる。

「ですが、池谷さんの話では、彼女は教授のことを本気で愛していたそうです」

右京の言葉にますますわからなくなった角田が、「えっ？」と眉間に皺を寄せる。

「結婚も意識していたらしいのですが、教授が自らの年齢のことを気にするあまり臆病になっていたのが不満だと漏らしていたそうです」

「いや、でも好田は、〝彼女は哀れむような目で見ていた〟って」

尊が口を尖らせる。

「表情の受け取り方など、人それぞれですから。動機までも錯覚だったようですねえ」

右京は哀れみとも空しさともとれる響きを込めて、最後を締めくくった。

その夜、右京も帰ってしまった深夜の特命係の小部屋で、尊はひとりパソコンに向かい報告書をつづっていた。

《報告　観察の結果、杉下右京の洞察力ならびに真相の看破に至る推理力が卓越していることを再確認。しかしその性格や嗜好、行動原理、何より、その着想の原点に何があるのかは不明。》

そこまでキーを打って溜め息を吐いた尊は、手元に開いたままになっているあの「部屋と家具」のトリック図案に目を落とした。

——ぼくには同じに見えますが。

あのときの右京の声やしぐさが蘇ってくる。

《彼の目には常人には見えないものが見えているのか？　杉下右京、依然として、謎多し。》

第五話

「背信の徒花」

一

「米沢さん」

警視庁特命係の警部、杉下右京が背後から声をかけると、鑑識課の米沢守は食べていた弁当を喉に詰まらせた。

「こ、これは杉下警部」

米沢は机に弁当を置いて立ち上がり、ご飯をゴクリと嚥下《えんか》した。

「昼食ですか？」

右京は米沢の変わった昼食風景をちらりと見遣る。というのも弁当が置かれた広い机の上には大型の液晶ディスプレイが据えられており、そこには一面の田園風景が左から右へと流れていて、つまり米沢はこの映像のまん前、至近距離のところで弁当を食べていたのだ。

「例の生活安全部に頼まれていたビデオのチェックが終わったものですからね」

右京が用件を告げると、米沢はつくづく同情の意を込めて言った。

「ああ、大変でしたなあ、こんな仕事頼まれて」

そこへ段ボール箱ふたつを重ねて抱えた神戸《かんべ》尊《たける》が入ってきた。

「いいえ、どうせヒマですから」

右京がニンマリ笑った。

「ハァ、しかし男子校の盗撮ですよ？　しますかね？　普通」

画像ディスクがぎっしり詰まった箱を机に置きながら尊が愚痴をこぼす。

「いや〜、マニアと言ってもいろいろおりますからな」

「まあね」

米沢の言葉に尊が同意する。

「何をご覧になっているんですか？」

先ほどから気になっていた大型液晶ディスプレイの映像を指して右京が訊ねた。

「あ、これは私の趣味でして」

米沢がＤＶＤのケースを差し出した。『地方の車窓から　vol.7』というタイトルである。

「なんですか？　これ」

尊が脇からそのケースを覗き込んだ。

「同好の士が、路線ごとの車窓を撮影したＤＶＤです。部屋にいながらにしてリアルな乗車感覚が味わえる、忙しい《乗り鉄》の禁断症状を抑えてくれるありがたい代物です」

米沢は嬉々として語った。

「ふ〜ん。さっきからずっとカメラが動いてませんが」

画面を見た尊が訊ねると、米沢が憮然として答える。

「動きませんよ。車窓を撮ってるんですから」

「へえ。最後までこうなんですか？」

揶揄するような尊の訊き方に、米沢の語気が強まる。

「最初から最後までこうです」

「どこが面白いんです？」

尊のこのひと言で米沢がキレた。

「どこがって、全部ですよ！　どうせあなたはご存じないかもしれませんけどもね、この十日市《とうかいち》線というのは、盲腸線であるがゆえに廃線間近と言われており、資料的な価値も非常にあるんですよ、これには！　ね？　大切なんスから、これは！」

一気にまくしたてる米沢の勢いに気圧されて、尊がたじたじになっているところへ、「ちょっと失礼」と右京が割り込んだ。そしてリモコンを手に取り、画像を巻き戻して直前の間宮駅のホームが映っているところで止めた。「撮影日は五年前の九月十六日、興味深いですねえ」

「ああ、さすがは杉下警部、わかっていただけますか」

米沢は感激して声を高めたが、右京の興味はどうやらちょっと違うところにあるようだった。

「ええ。実に興味深い。五年前の九月十六日のことです。国土建設省の官僚、三島章《あきら》さんが仕事中に突然姿を消し、翌十七日、同じ霞が関の外れのビルの谷間で、転落死体として発見されたという出来事がありました。屋上に本人の靴が並んで置かれていたことから自殺と考えられましたが、一方で、遺体に原因不明の擦り傷があり、いつも身につけていた国土省のバッジが発見されなかったことなど、いくつか不審な点がありましてね、事件性を探る捜査が行われました」

頷いて聞いていた米沢が続けた。

「しかし、確たる証拠を見つけることができずに、多少の疑問を残したまま捜査は打ち切られた。いわゆる〝三島事件〟ですな」

「ええ」

「ん？　ちょっと、なんですか、突然」

右京の恐るべき記憶力に唖然としながら尊が訊ねた。

「この方が、その三島章さんです」

右京は静止した画像のホームに立っているネクタイにスーツ姿の男を指した。

《三島事件》の資料を持って特命係の小部屋に戻ってきた右京と尊は、早速資料を当たり始めた。

「当時、三島さんは失踪現場である国土建設省から直接、遺体発見現場であるビルへ向かい、自殺したものと考えられていた」

尊が資料に目を落としながら言った。

「国土省から遺体発見現場までは、わずか七百メートルしか離れていませんから、当時は妥当な判断とされました」と右京。

「ところが、今回、三島さんが映っていた間宮駅はそこから六十キロ以上離れています。失踪から自殺の間に、なぜそんな場所に？」

「当時の捜査では思いも寄らなかった場所です。実に不可解、かつ興味深い」

右京は新たな獲物を見つけたハンターのように嬉しそうである。

「暇か？」

そのときいつもの口癖とともに隣のフロアから組織犯罪対策五課の角田《かくた》六郎が顔を出した。手にはお気に入りのパンダカップを持ち、勝手知ったる感じでコーヒーメーカーに向かう。

「あれ？　なんだよお前、コーヒー切れてんじゃない！」

空のサーバーを振って角田は尊に抗議する。

「え!?　それぼくの役目なんですか?」

「当たり前だろ!」

　不平顔の尊を見て、角田は右京を注意した。

「ダメだよ、警部殿もちゃんと教えといてくんないと」

「これは失礼。ぼくはあまりコーヒーを飲まないものですから」

「ぼくも、ないならないで別に。なんなら、あれ、持って行きます?」

　尊が特命係のコーヒーメーカーを指すと、角田は駄々っ子のような表情になった。

「ここで飲むからうまいんじゃない。つれないこと言わないで、おまえ、淹れてくれよ」

「は〜い」

　尊は嫌々ながらもコーヒーを淹れ始めた。

「何調べてんのよ?」

　角田が右京の手元の資料を覗く。

「三島事件、覚えてらっしゃいますか?」

「三島事件って、あの国土省絡みの?」角田の返事は意外なものだった。「おいおい、ヤバいんじゃないの?」

「ヤバいって?」

「なんだよ、知らないのか?」聞き返した尊を横目で見た角田は、声を潜めて言った。

「この事件《ヤマ》にはね、ウチとしても蓋をしておきたい事情があるんだよ」

「ウチって、警視庁がですか?」と尊。

「うん。ちょうどこの頃、国会じゃ道路公団民営化の話が出ててな、世間じゃ、公共事業にまつわる談合がやり玉に上がってた」

「いわゆる官製談合ですね?」

「うん。で、警視庁としてもそのタイミングで何か暴こうと、二課の連中が動き出してな、目をつけたのが、この三島章だったんだよ。ところが、追い回しの最中に急に死なれちまってなあ」

「つまり、追い回しが自殺の原因となったってことですか?」

「わかるだろう。下手につつくと藪蛇になるぞ」

角田と尊の会話を紅茶を啜りながら聞いていた右京は、そこでテーブルにカップを置いた。


右京は米沢に借りたDVDを持って捜査一課のフロアを訪れた。

「他人の空似《そらに》じゃないんですか?」

捜査一課のひとり、三浦信輔が三島章の顔写真と映像の男を見比べて言った。

「無論、まだその可能性も否定はできませんが」

右京が素直に認めると、同じく捜査一課の伊丹憲一が嚙みついた。

「だったらその可能性ってのをもう少し見極めてから来ていただけませんかね」

「この件は捜査本部で一度結論が出てる。火中の栗を拾わされるのは御免です」

三浦が厄介払いをするかのような態度を取った。

「なんです？　人の顔をじろじろと」

伊丹が尊を睨んで、まるでヤクザのような難癖をつける。

「いえ、見てませんが」

「すみませんねえ、私ら元警視殿と違って二階級も落とされたら階級なくなっちゃうんで」

ノンキャリアの伊丹は皮肉たっぷりに尊に当てつけた。

「わかりました。お忙しいところをすみませんでしたね」

右京は映像を止め、ＤＶＤをケースにしまった。

「なんでわざわざ見せに来たんです？」

捜査一課の面々が去ると、尊が不可解そうに耳打ちした。

「藪蛇というのはどの程度のものなのか、多少興味がありましてね」

「フッ。どの程度かわかったらやめるんですか？」

「いいえ」

右京が不敵な笑みを浮かべた。

二

右京と尊は国土建設省を訪れていた。

「三島さんのことを訊くのに、どうして高速道路の担当者と会うんですか？」

大きな会議室に通されお目当ての担当者を待つ間に尊が訊ねた。

「三島さんは当時、橋梁《きょうりょう》建設計画に携わっていて、同時に複数の橋を担当していました」右京は会議室の壁に貼られた地図の前に立った。「新西多摩橋《しんにしたま》、韮山橋《にらやま》、第二関谷《だいにせきたに》陸橋。そのなかの新西多摩橋は、新しくできる高速道路、第二関越《だいにかんえつ》に繋がっています。そして……」

「第二関越は間宮駅付近を通過する。第二関越といえば、必要のない道路として疑問視されている道路ですよね」

「ええ」

右京が頷いたところへ面会の相手、片倉渉《わたる》が現れた。

「お待たせしました。第二関越を担当しております片倉と申します」

右京と尊が警察手帳を示して自己紹介すると、片倉はいかにも優秀な官僚らしく、隙のない態度で接客する。

「お電話では五年前のことを聞きたいとお伺いしましたが、どうして今頃になって？」

片倉は雑談することもなく、いきなり核心に触れてきた。

「実は失踪当日、三島さんが妙な場所にいらっしゃった可能性が出てきまして」

右京が切り出すと、片倉は「妙な場所？」と首を傾げた。すかさず尊がＤＶＤの一コマをプリントアウトしたものを差し出す。

「これは……間宮駅ですか」

一瞥して片倉が答えた。

「よくおわかりですね」と右京。

「そりゃまあ……仕事で担当してましたから」

右京が感心して頷くと、片倉は訝しげにもう一度写真を見直した。

「本当に三島でしょうか？」

「違いますか？」

「ま、似てなくはないですけど……」

尊が念を押すと、片倉は曖昧な表情になった。

「お仕事で担当していたとおっしゃいましたが、片倉さんはこの日、間宮駅付近にはいらっしゃったんでしょうか？」右京が問う。

「三島が発見された前日ですよね？　いえ、行ってないと思います。その日は都内で打ち合わせがありましたから」

「そうですか。どうもありがとうございました」

右京はあっさりと諦め、礼を述べて部屋を出ていこうとしたが、何かに思い至ったように立ち止まった。

「あ、忘れていました。三島さんが最後に目撃された場所を拝見できますか？」

快諾した片倉は、かつて三島の部下であった沢村公平に案内させた。

「会議室は予約制になっているんですが、あの日、三島さん、急ぎで作らなくちゃならない資料ができたとかで、ひとりでここにこもったんです」

沢村は会議室の鍵を開け、ふたりをなかに招き入れた。

「何時頃でしょう？」尊が訊く。

「午前中、十一時頃だったでしょうか。退庁時間の午後六時になっても出てこなかったんで、様子を見に来たんですが……」

「忽然《こつぜん》と姿を消してしまった」右京が続ける。

「その前後、三島さんを見たという人はいないんですよね？　なんでも監視カメラにも映っていないとか」

尊の質問を受け、沢村は首肯した。

「沢村さんは直属の部下だったそうですが、自殺の動機に何か心当たりなどはありませんか?」

続く右京の質問には、沢村は首を傾げて答えた。

「さあ、それがこれといって。ま、強いて言うなら、昇進が少し遅れていたことでしょうか。三島さん、真っすぐすぎるというか、あんまり器用なタイプじゃなかったもんですから、上司のウケも良くなくて。それにちょうどその頃、同期の片倉さんが課長補佐になったりしたもんですから……」

「それも引き金になっているんじゃないかと?」

尊が先まわりをすると、沢村はちょっと喋り過ぎたことを悔いた様子で、「まあ、本人じゃないのでわかりませんが」と言葉を濁した。


「三島さんは不正を行う人物像とはほど遠いようですねえ」

廊下を歩きながらあたりをキョロキョロと見渡して右京が言った。

「官僚を表の顔だけで判断するのはいかがでしょう。潔白な人間ほど裏が見えないっていうのが相場のような……」右京よりは官僚の事情に詳しい尊が反論しかけると、右京はエレベーターホールを横切って階段に通ずるドアに手をかけた。

「ちょっと！　七階ですよ、ここ。エレベーター使いましょうよ」

「死角を辿れば、会議室からここまで監視カメラに映らずに外に出ることができるようですね」

どうやら先ほどから右京は廊下の監視カメラをチェックしながら歩いていたようだ。

「まあ三島さんにもそれは可能でしょうけど、なんのために？」

「国土省を出たことを誰にも知られたくなかったとしたらどうでしょう。三島さんが会議室にこもったのも、初めからアリバイを作るためだったとしたら納得がいきます」

「なるほど、人目を忍んで談合相手にでも会いに行った……とか？」

尊も想像を巡らせた。


次にふたりは三島の遺体が発見された場所にやってきた。官庁街のビルの谷間はまるで都会のエアポケットのように人気《ひとけ》がなかった。そのため誰の目にもとまらず一日が過ぎ、発見されたのは死亡の翌日、九月十七日だった。

「前の晩に降った大雨で、落下痕などは流されてしまっていたそうですね」

右京は実際遺体が横たわっていた場所に立ち、周囲を眺めた。

「調書によると、なくなったバッジはここに落ちたと解釈された」尊は脇の排水溝を指して言った。「まあ、見たところ、十分考えられる位置ですけど。どうかしました？」

右京を見遣ると上空を睨んだまま動かない。

「ビルとビルの間は存外に広いんですねえ」

「それが何か？」

「遺体の擦り傷は、飛び降りた際に外壁で擦った痕だとされていましたが……」

「まあ、壁すれすれに飛び降りれば、ないとは言い切れませんけど」

「きみならそんな飛び降り方をしますか？」

いきなり振られて尊は首を振った。

「いいえ。それ以前に飛び降りません。痛いの嫌いなんで」

「三島さんは本当にここで死んだのでしょうかねえ」

右京のなかにはすでに疑問が頭をもたげているようだった。

「え？　どこかで死んでからここに運ばれたと言いたいんですか？」

「ちょっと行ってみましょうか」

「ハッ、どこに？」


変わり者の上司の奇抜な行動には次第に慣れてきた尊も、その足で間宮駅まで車を飛ばせと言われるとは思いもしなかった。霞が関からはちょっとしたドライブだったが、スカイラインを飛ばしたら意外に早く着いた。駅舎は無人のようで、改札もなく、単線の線路に面する狭いホームに即つながっていた。

「ああ、ちょっとそこに立ってみてください」

右京に命じられた尊は、ちょうどDVDで三島が立っていた位置に移動した。

「三島さんはそこで何をしていたのでしょう？」

「え？　駅で立ってるんだから、電車を待つ以外にないと思いますが」

当たり前のことを、と訝る尊を余所《よそ》に、右京はじっと何かを考えこんでいた。


右京と尊は次に間宮村の村役場を訪れた。

「見覚えないですねえ。国土省の人ならその頃から何度もいらっしゃってますけど」

尊が三島の写真を見せると村役場の職員は首をひねった。

「ん？　ひょっとして片倉さんですか？」

「えーと、その片倉さんも九月十六日にはいらっしゃってませんねえ」

職員は当時の業務日誌をひもといて確認してくれた。

「これが建設予定の第二関越高速ですか？」

尊が聞き込みをしている間中、役場の壁に貼られた地図を興味深げに眺めていた右京が職員に訊ねた。

「そうです。立ち退きで揉めたところもありましたけど、ようやく全部落ち着いて、来年には着工する予定です」

「なるほど」

右京は深く頷いた。


その後、三島の足跡を追って何軒か訪問する右京に付き合ってきた尊だったが、田んぼと畑ばかりのえんえんと続く田舎道を歩いているところでついに音を上げた。

「あと何軒回る気ですか?」

「疲れたなら、帰ってもらっても一向に構いませんよ」

右京はまるでこたえていないようである。

「いや、ここまで追っても全く痕跡が出てこないとなると、三島さんは来てないっていう線もあるんじゃないかなと」

「では、あの映像に映っていたのは誰だというのでしょう」

右京の辞書には妥協という言葉はなさそうだ。

「う〜ん、他人の空似? っていうのは認めたくなさそうですね」

「つまりきみは、三島さんの自殺に疑念はないと?」

「いや、そうは言いませんが」そこで言葉を切った尊は改めて「杉下警部」と右京を呼び止めた。

「はい？」

「気付きませんか？　この村には転落死できるほど高い建物もないように思いますが」

「きみ、いいところに目をつけますね」

思わぬところで褒められた尊はちょっといい気になり、「どうでしょう？　ここらで一度、思い込みを捨ててみては……」と自説を披露しようとしたものの、右京はそれをまるで無視してずんずんと田舎道を歩いていってしまった。

「無視かよ。帰っちゃおうかな、本当に！」

尊は地団駄を踏んだ。

三

右京が目指したのは敬葉園という養護老人ホームだった。

その施設は田舎道の先、街中からかなり離れた場所にひっそりとたたずんでいた。木の板でできたフェンスをくぐってなかに入ると、ひとりの老女が幼木にじょうろで水をやっていた。

「こんにちは。お水やりですか？」

右京が声をかけると、その老女は顔もあげずに答えた。

「ああ。いくらあげても咲かないの。せっかく息子が持ってきてくれた木だってのにねえ」

幼木の前には《森村シズ》と名前が書かれた木札が立てられている。

「そうですか。これはなんという木ですか？」

右京の言葉が聞こえたか否か定かではなかったが、その老女、森村シズは手を休めずに、「ここはあたしの家です。どこへも行きゃしません」と頑なに口を結んだ。

「話を聞くの、無理みたいですね」

尊が右京に耳打ちした。そのとき事務所の玄関がガラリと開き、作業服を着た男たちが数人出てきた。

「それじゃ早々にお願いしますよ」

土木関係者と思しき彼らは、少々居丈高に告げた。

「はい」

丸刈りの初老の男と中年女性が頭を下げつつ見送っている。ここの所長、江藤大《まさる》と女性事務員の吉田京子だった。

右京と尊は用件を告げ、三島の写真を江藤に示して訊ねた。目がよく見えないと老眼鏡を探しに行った江藤を事務所で待っている間、吉田がふたりをもてなした。

「いくら水をあげても花が咲くわけじゃないって、もう何度も言ってるんですけどね」

尊が先ほどの森村シズのことを訊ねると、吉田がお茶を淹れながら答えた。

「息子さんが持ってきてくれた木だそうですね」と尊。

「息子ったって、誰のことなんだか。気に入るとみんな息子ですから。それにあの木は森村さんのためにうちで植えたものなんですよ。新しい入居者が来るたびに植えてるんです。所長のアイデアなんですけどね。ここに根っこを張ってくださいっていう意味で」

「なるほど」尊はお茶を啜る。

「でも立ち退きをしたら、全部引っこ抜かれてしまうんでしょうね。こんなところに高速道路なんていらないのに……」

吉田の口調は捨て鉢気味である。

「やっと見つかりました」そこへ所長の江藤が老眼鏡を持って戻ってきた。「これがないとよく見えないもんで」

「お願いします」

改めて尊が三島の写真を差し出した。

「いや〜、ごめんなさい。やっぱり見覚えないですね」

「国土省の三島さんという方なんですが」

「国土省の人なら何度も交渉で来てますけども、三島さんじゃなくて片倉さんって方ですよ」

「ですよね。ありがとうございました」

　尊があっさりと引き下がろうとするところへ、先ほどから事務所の掲示板や壁の展示物を興味深げに見ていた右京が口を開いた。壁に貼ってある雑誌の切り抜きを指して、江藤に訊く。

「立ち退きのことは記事にもなってるんですね」

「ああ、それは記者の人が載っけてくれたんですよ。まあ、そんなふうに周りも応援してくれてたんで、ちょっとは踏ん張ってもみたんですが、結局は立ち退き決定です」

「しかし施設を開設してすぐに建設予定地になってしまうとは、不運でしたねえ」

　右京が同情すると、江藤がしみじみ慨嘆する。

「結局、先を読む目がなかったってことですから、まあ自分は仕方ないとしても、入居している人たちが気の毒で。うちは家族に見放された形で来た人ばっかりなんですよ。だからここが自分の家《うち》だと思ってもらいたくて頑張ってきたんですけどね」

「裁判になった時のために、今までの交渉記録も取ってたのに……むなしいですね」

　吉田が取り出した大学ノートに目を留めた右京が、「ちょっとよろしいですか？」と所望して受け取り、パラパラとめくった。

「五年前の九月十六日。来館者に〝国土省　職員〟とありますねえ」

「書いてあればそのとおりだと思いますけど」

吉田がノートを覗き込んだ。

「片倉さんならちょくちょく来てたよね」

江藤が吉田に言うと、吉田も首を縦に振った。


翌日、右京と尊が再び国土建設省に片倉を訪ねると、片倉は煙たそうな顔で現れた。

「今日はなんでしょうか？　あまり時間がないんですが」

右京が切り出すと、片倉は身構える素振りを見せた。

「五年前の九月十六日ですが、あなたは間宮村へ行ってらっしゃいますねえ」

「敬葉園という施設の交渉記録に記載がありましたよ」

尊が追い討ちをかける。

「敬葉園？　ああ、ひょっとしたら打ち合わせの後に寄ったかもしれません。あそこは立ち退き交渉が難航しましたから、当時は度々」

「ではなぜ、先日は行ってないとおっしゃったのでしょう？」

右京の指摘に、片倉は素直に誤りを認めた。

「どうもすみませんでした。何せ五年前のことなので記憶が……でも三島に会ってないということに変わりありませんよ」

警視庁に戻ってきた右京と尊は、待ってましたとばかりに刑事部長の内村完爾《かんじ》に呼び出された。

「バカ者！　われわれがやっとの思いで塞いだ穴をほじくるような真似をして。国土省からもクレームが来てる。これをきっかけに、かつての二課のことなど問われてみろ。とんでもなく面倒なことになるんだぞ！」

刑事部長の腰巾着《こしぎんちゃく》たる中園照生《てるお》参事官が唾を飛ばして怒鳴る。そこに尊が火に油を注ぐような発言をした。

「どうしてそんなに蓋をしたがるんでしょうか？」

「何ぃ!?」

目を剥いた中園に、尊が畳みかける。

「確かに三島さんの自殺は避けるべきだったかもしれません。しかし不正の疑いがある限り、二課が追及するのは当然では？」

「おまえたちはなんにもわかってない！　かつての二課の捜査は、多少強引で行きすぎな点も……」

「バカ者！」

内村が中園を叱り飛ばした。

「こいつらにそんな説明をする必要はない」

「はっ」中園が平身低頭謝る。

「何度も言うが、特命には捜査権などない。おとなしく引っ込んでろ」

ブスッとした顔で内村が吐き捨てた。

特命係の小部屋に帰ってきた尊が質問した。

「国土建設省からのクレームって、片倉さんからですよね？」

「そのようですねえ」

「う～ん、間宮村に行ってないって話も怪しいしなあ」

そこへ米沢が現れた。

「お待ちしてました」

右京が迎えると、米沢はドアの陰に隠れるようなしぐさで、何やら警戒しているようだ。

「どうかなさいましたか？」右京が訊ねる。

「実は三島事件の資料をお渡ししてからというもの、背中に悪意ある三人組の視線を感じておりまして……」

「おやおや」

米沢は人目をしのぶような低い声になる。

「ところで、例の物が手に入ったとお伺いしましたが」

「果たしてこのようなものでお返しになるかどうかはわかりませんが」

右京がワイシャツのポケットから切符を取り出すと、米沢は打って変わって満面の笑みを湛《たた》えた。

「おお、ゾロ目の発券番号の切符ですかあ！　こいつは鉄分が高い！　結構な物、ありがとうございます」

飛び上がらんばかりの米沢に、尊が訊ねる。

「鉄分？」

「鉄ちゃん、すなわち鉄道ファンの血を沸かせる成分といった意味でしょうか」

米沢は鉄道ファンの気持ちを汲めない尊に対して、挑みかかるような口調で答えた。

「ああ……」

ひるんだ尊をほったらかし、米沢は再び申し訳なさそうに右京に頭を下げた。

「人に頼んで切符だけ手に入れるなど、鉄道ファンとしてはこれ、邪道極まりないのですが、なにぶんにも十日市線は一度乗ると最低でも二時間は戻ってこられないもんですからねえ。仕事の合間にというわけには……」

それを聞いていた右京のセンサーが突如起動する。

「今、なんとおっしゃいました？」

「ん？　十日市線は一度乗ると最低でも二時間は帰ってこられない、と」

「なるほど」虚空を睨んでニヤリとした右京は、「米沢さん、どうもありがとう」と、米沢に丁重な礼を述べた。


米沢が帰ると、右京は早速間宮駅の映像をパソコンの画面に呼び出した。

「十日市線は単線です。つまり、一両の電車が往復する形で運行されています」

「ええ、それが？」

一体何のことか訳がわからぬ尊が訊ねた。

「これまで、三島さんがホームにいたのは東京に帰る電車を待つためとばかり思い込んでいました」

「それ以外、何を待つって言うんですか？」

「神戸君、時計を見てください」

右京に言われるまま、尊が画像のなかに映り込んでいる柱時計の針を読む。

「三時七分」

「ダイヤを見ると、三時に来るのは下りの電車です。つまり三島さんは、上りではなく下りの電車を待っていた。三島さんがホームにいたのは、東京から来る誰かを待っていたんですよ」

右京は手元にある『十日市線間宮駅　発車時刻表』を尊に手渡した。

「え、誰かって？」

「見つけました」

右京は画像をわずかに進めて、ホームの柱に設えたミラーが大写しになっているところで止めた。その鏡のなかには電車の扉からホームに降り立つひとりの男が映り込んでいた。

「あっ！」

部分拡大した画像を見て、思わず尊が叫んだ。

四

アポなしで国土建設省を訪れた右京と尊は、廊下で片倉を捕まえた。

「今度はなんですか？」

片倉は見るからに迷惑そうな顔である。

「これが最後の最後ですので」

引き止める右京の脇から、尊がＤＶＤから落としたプリントを差し出す。拡大したミラーのなかに、片倉とはっきりわかる男が映っている。

「これ、片倉さんですよね？　本当は間宮村にいらしたどころか、三島さんと会っていた。どうして嘘ついたんです？」

「それは……」

片倉は絶句するしかなかった。

警視庁にクレームを入れていた立場の片倉が、一転して取調室で事情聴取されることになった。

「当時は道路公団の民営化で揺れてた頃だ。そんな時に官製談合が暴かれるのは、是が非でも避けたいですよね。事実、三島さんの自殺で二課は追及をやめている。ちょっと都合が良すぎやしませんか？」

伊丹がネチネチと責める。片倉の正面には取り調べの達人の異名をとるベテラン三浦が構えている。

「談合絡みで自殺者が出たって聞くと、私らいつも思うんですわ。トカゲの尻尾にされたんじゃないかってね」

「だとしたら、尻尾切りの役は必要ですよね？」

記録席に座った芹沢慶二が横からつつく。

「あんた、失踪から死亡までの間、内密に会っていた人間だ。しかも、それを隠していた。疑うなってほうが無理でしょう」

詰め寄る伊丹を、片倉は無言のまま睨んだ。

「進言しても相手にされず、いざ成果が上がりそうになると油揚げをさらわれる。これが特命係ってわけですか」

特命係の小部屋では、あまりに報われない立場に尊が愚痴をこぼしていた。一方の右京はまったく意に介していないようで、「おかげで手間が省けました。片倉氏の件は一課にお任せしましょう」とあっさりしている。

「フッ、負け惜しみに聞こえなくもないですが」

「どう聞こうときみの勝手ですが、われわれにはまだ確かめるべきことがあります」

「はあ?」

「三島さんが間宮村にいたとするならば、もうひとり、嘘の証言をした人物がいます」

「もうひとり?」

右京は尊の思いもよらないところを突いてきた。

「敬葉園の江藤さんです。三島さんは来てないと言ってましたよねぇ」

「いや、でも間宮駅にいたからといって、三島さんが敬葉園にも行ったとは限らないんじゃないですか?」

右京は内ポケットから写真を出した。

「これを見てください。ここ」

それはホームに立っている三島の写真だったが、右京はその足元に置かれたビニール袋の口を指した。

「葉っぱ?」

写真には何らかの植物の葉らしきものが写っていた。

「この植物はカクレミノという品種で、苗木と成木では随分と葉の形が違うそうです。それは苗木の状態、そして五年後にはこのようになります」

今度はスーツのサイドポケットからハンカチに包んだ実物の葉っぱを取り出した。

「あ! これ確か……」

「ええ。森村さんのおばあさんが水をやっていた木の葉と同じものです。確かあの時、息子さんが持ってきてくれた木だとおっしゃってましたね」

「おばあさんが息子だと勘違いしていたのは、三島さんだった?」

「ええ。だとするならば、やはり江藤さんは嘘をついていたことになりますね」

画像に写ったわずかな植物の葉からここまで推し量るとは……尊は改めて右京の実力に舌を巻いた。

右京と尊は早速、江藤に会いに敬葉園を再訪したが、江藤は留守で事務員の吉田だけがいた。彼女によると江藤は病院だという。なんでも森村シズが首つり自殺を図って未遂に終わり、病院に運ばれたのだという。ふたりは直ちに病院に足を運んだ。

看護師が案内してくれた病室は個室で、付き添っていた江藤に声をかけると、音を立てぬように廊下に出て後ろ手にドアを閉めた。ベッドの上で首にギプスを巻き昏睡しているシズの姿が垣間見えた。

「お聞きしました。大変でしたね」

右京が小声で見舞う。

「はい。すぐに見つけたんで大事には至りませんでしたが」

「でも、どうして首をつろうとなんて？」

脇から尊が訊ねた。

「なかなか次の受け入れ先を見つけてあげることができなかったせいです。家からも施設からも追い出されて……あんなおばあちゃんだってわかるんですよ、自分が厄介者扱いされてるってことぐらい」

「実は、お訊きしたいことがあるのですが」

右京が切り出して、江藤を病院から誘い出した。

「そうですか。こんなものからわかってしまうとは」

右京が推理の筋道を話してカクレミノの葉を見せると、江藤はがっくりと肩を落とした。

「捜査は自殺から殺人事件に移りつつあります。下手に隠さず、事実をありのまま話すことをお勧めしますよ」

尊が促すと、江藤も諦めたようだった。

「言い逃れできそうにありませんね。おっしゃるとおり、三島さんは何度かうちに来ています」

「どうして嘘をついたんですか？」

尊が問うと、意外な言葉が返ってきた。

「それが三島さんとの約束だったからです」

「約束とは？」右京が訊く。

「五年前、立ち退きを迫られた時です」

その日、シズが嬉しそうにはしゃいで「息子が来た！」と事務所に飛び込んできたという。江藤が出てみると庭に三島が立っていた。いかにも実直そうな青年だった。国土省のものだと名乗った三島に、

――なんだ、国土省なら、もう片倉さんって人と話しました。何人来られてもうちは……。

　江藤がつれなく返そうとしたら、三島が意外なことを言ったのだった。

――あ、そうじゃなく、お手伝いさせてもらいたいんです。この施設が立ち退かないで済むように。

「官僚が立ち退き反対を手伝う？」

　尊が怪訝な顔になる。

「私も初めは戸惑ったんですが、なんでも三島さんは若い頃に立ち退き案件を担当したことがあったそうで、それが相当ひどいものだったらしくて、同じことを繰り返すのは真っ平だって」

「五年前の九月十六日も、三島さんはこちらにいらっしゃってたんですね？」

　右京が問い質《ただ》す。

　そのとき江藤は泣き言を言ってしまったのだという。

――三島さんには申し訳ないんだけど、もう疲れました。やっぱり、ここ手放したほうがいいのかな？

　すると三島は語気を強めた。

――しっかりしてください！　そうやって気持ちを弱らせるのが向こうの思惑なんですから。

――でも、ここを立ち退かない限り、こんな状態が続くかと思うと……。

　そこで三島は手に提げたビニール袋のなかからカクレミノの苗木を出したらしい。

――これ、あのおばあさんに渡してあげてください。一度根付いた木は簡単には動かすことができない。人も同じなんですよ。

「三島さんなりに元気付けようとしてくれたんでしょうが……」江藤はその日の光景を思い浮かべるような目をした。そして右京と尊に向かって、キッパリと言った。「これで全部です。三島さんがやっていたことが背信行為に当たるってことぐらい、私にだってわかります。亡くなられたからこそ、余計言えなかったんです」

　しかし、尊にはまだ納得が行かなかった。

「立ち退き反対って言っても、いつまでもというわけにはいかないでしょう。応じなければ強制収用が執行されるはずです。それを三島さんがわかっていなかったとは思えませんが」

「さあ？　とりあえず私には、立ち退き拒否をし続けてくれって。その間に三島さんが動くという話でした」

「動くとおっしゃいますと？」

　右京が聞き返すと、江藤は首を傾げた。

「いや、そこまでは……」

五

取調室では片倉の取り調べが続いていたが、まったく口を割ろうとしない片倉に、捜査一課の三人もほとほと手を焼いているようだった。

そこにドアを叩く音がし、特命係のふたりが入ってきた。

「あ〜、もう、なんです！　今取り調べ中なんですがねえ！」

伊丹が苛立たしげに声を荒らげる。

「ぼくらも立ち会わせてください」

しれっとした顔で尊が申し出る。

「は？　真顔で何言ってんです？　駄目に決まってるでしょう」

吐き捨てる伊丹に、右京が同調してみせる。

「ぼくも無駄だと言ったんですがねえ」

「なんでですか？　この件はこっちが先に……」

口を尖らせて権利を主張する尊を、伊丹が遮った。

「あ〜、なるほど。警部補殿はまだ特命係がおわかりになってないようですね。いいですか？　特命係という……」

言いかけたところで今度は右京が割り込む。

「まあ彼もまだ来たばかりですから」そして名案を思いついたというようにニッコリ笑って提案する。「あ、ここはひとつ、どうでしょう。彼の異動祝いに少しお時間をいただくというのは」

「は？　今度は笑顔で何言い出すんです？」と伊丹。

「五分で結構なんですが」

右京が片手を上げる。

「えっ、異動祝いが五分ですか」

不満げな尊を余所に、伊丹がさらに値切った。

「三分にしてください。当然、われわれも同席します」

「結構です。では」

「どうぞ」

三浦が片倉の正面の席を右京に譲り渡した。

右京は改めて片倉に向き合い、こう切り出した。

「敬葉園の江藤さんにお聞きしました。亡くなった三島さんは、国土省の職員でありながら施設立ち退き反対に協力なさっていたそうですねえ」

「官僚が反対住民に協力？」

意外なことを耳にし、伊丹が聞き返した。

「これは、その三島さんがお持ちになっていた領収書です」右京は内ポケットからビニールの小袋に入った紙片を取り出した。「しかし、よく見てください。普通ならここは朱肉で押されているはずですよねえ。つまりこの領収書はコピーだということなんです」

確かに、印影も朱ではなく墨である。

「コピー？　なんでわざわざ」

芹沢が右京に疑問を投げ掛ける。

「ええ、三島さんにとってこれは告発の証拠品だったんですよ。第二関越を巡る官製談合の」

「なるほど。談合をやってたのはあんただったってわけか」

伊丹が片倉を睨みつけた。

「当時は道路公団民営化の折です。三島さんは談合を明るみに出すことによって、第二関越の建設計画そのものを見直させようとしていたのではありませんか？」

そこまで突きつけられて片倉も腹を決めたのか、重い口を開き始めた。

「あの日、三島の部下から、あいつが間宮村へ向かったと聞きました……」

あらかじめ片倉から電話で告げられていた三島は、間宮駅のホームで待っていた。

――今日、俺がここに来ることは誰に？

右手に植物の苗が入ったビニールを提げた三島が片倉に訊いた。

――沢村から聞いたんだ。

――沢村から？

直属の部下が漏らしたことに、三島は驚いた。

――もうお前にはついていけないと言ってた。まあ当然だろう。三島、おまえ自分がやろうとしてることをわかってるのか？　重大な背信行為だぞ。

片倉が指弾した。

――ここまでやって、わかってないはずがないだろう。

三島は上着の内ポケットから数枚の写真を取り出した。それは片倉と複数の人間が会っているところを隠し撮りしたものだった。

――一緒に写ってるのは道路公団と岳井《たけい》建設の人間だ。談合があったことは明らかだ。

――おまえ、これをどうするつもりだ？

――第二関越の未着工区間の事業費は一兆六百億だぞ。こんな道路、誰も望んでない。望んでるのは利権に絡む人間だけだ！

三島は片倉を睨みつけた。すると片倉は意外なことを言った。

――おまえ、本当は俺を蹴落としたいだけなんじゃないのか？

そんな片倉に、三島は哀れむような目を向けた。

——そんな言葉、昔のおまえなら思いつきもしなかっただろうな。片倉、おまえは本当に変わったよ。

「……三島とは入省したばかりの頃、よく官僚の理想について話し合いました。ただ、私はあいつみたいに不器用なままではいられなかった」

片倉は奥歯を嚙みしめて目を伏せた。

六

右京と尊が敬葉園を訪れると、所長の江藤は庭にしゃがみ生い茂る草花をボーッと見ていた。

「ああ、刑事さん」ふたりを認めると、江藤は立ち上がり、意気消沈した様子で「とうとう立ち退きになりました」。

「ご入居者の方々はどうなりました？」

右京が訊ねると、江藤は肩を落とした。

「散り散りです。でも私にはどうしようもない」

「先日はご協力ありがとうございました。いただいた情報によって、今、国土省の人間が取り調べを受けています」

　尊が進み出て頭を下げた。

「国土省って、まさか……」

「片倉さんです」

　尊から聞いて江藤は一瞬驚きはしたものの、「ああ、そうですか。恐ろしい話ですが、三島さんがやっていたことを知ったとすると、あり得るのかもしれませんね」と落ち着きをみせた。その江藤に対して、右京は右手の人差し指を立てる。

「ただ、ひとつだけどうしてもわからないことがありましてね。何度かお会いした印象では、彼は大変慎重な人間です。殺人がどれだけリスクの高いことかぐらい、十分わかっているはずです。その彼が自ら手を下したとは思えないんですよ」

「ひょっとして、誰かにやらしたんじゃないでしょうか」

「誰かとおっしゃいますと？」

　右京が問い返した。

「例えば岳井建設の連中とか……あいつら、うちに対しても脅迫に近いやり方でした。もうまるで暴力団です。あ、それに、片倉さんとも親しいようでした」

「なるほど！　それは考えてもみませんでした」右京は膝を打った。「だとすると、三島さんは転落死体として霞が関で発見されています。一体どんな手口だったのでしょう？」

「いや、そんなことは想像したくもありません」江藤が首を振る。

「たとえば、この施設のどこかで転落死させてから運んだ……というのはどうでしょう？」

「ここでですか？」

江藤は驚いて右京の顔を見た。

「ええ。その場合、三島さんが秘密裏にここに出入りしていたことは実に都合がいい」

「おっしゃってる意味がよくわからないんですけど……」

江藤が顔を顰《しか》める。

「つい回りくどい言い方をしてしまうのが、ぼくの悪い癖。つまり、三島さんを殺害したのはあなただと言ってるんですよ」

穏やかな口調で決定的な宣告をされた江藤は、一瞬キョトンとしやがてそわそわとし出した。

「どうして私が三島さんを殺さなきゃならないんです？　前にも話したでしょう。三島さんはむしろ私らの味方だったんですよ」

江藤はとんでもない言いがかりだというように、抗弁した。

「確かに三島さんはお年寄りたちの味方だったのでしょう。では、あなたはなぜ、施設の開設にあたりこの土地を選んだのでしょう」

「いや、そりゃあ、値段が安かったからですよ。このような場所じゃないと敷地が用意できなかったんですよ」

「果たしてそうでしょうか」右京の目が光る。

「何がです？」

「六年前、何らかの方法でこの場所が高速道路の建設予定地になっているという情報を得たあなたは、この土地を買い、老人福祉施設を開きました。国の強引な政策に第二の故郷《ふるさと》を奪われる老人たち、その構図を作り上げてしまえば世間はあなたに味方しますからねえ。あなたの目的は、お年寄りを利用して立ち退き料をはね上げることにあったんですよ」

「何をバカな話をされてるんですか」

江藤は嘲るように否定した。

「国土建設省で確認しました。敬葉園の立ち退き料として、五億円に近い値段がついている。これは通常の補償査定額の二・五倍に当たります。随分とごねたようですね」

尊が事実を突きつける。

「庭に木を植えたのも、ここを第二の家だと思い込ませたのも、お年寄りたちの心をこの施設に根付かせるための、あなたの演出に過ぎません。そんなあなたの前に現れたのが三島さんでした。省の内情を漏らしてくれる彼は、当初あなたにとって好都合でした。ところが、三島さんの目的が第二関越の建設計画見直しにあるということがわかり、途端に邪魔になったというわけですよ。建設計画そのものがなくなってしまえば、あなたは立ち退き料を受け取ることができなくなってしまいますからね。五年前、あなたは殺すつもりで三島さんを呼んだ。無論、彼が内密に出てくることも承知の上で」

江藤はひとつ大きく溜め息を吐くと、もう付き合うのはまっぴらだというように、

「これまで懸命にやってきたことが汚《けが》されたような気分です。大体この施設は、見てのとおりの平屋ですよ。このような所でどうやって転落死させるっていうんですか！　悪いけど、もう話す気になんない。気分が悪い！　失礼します」と捨てぜりふを吐いて立ち去ろうとした。

「いくら水をやっても花の咲かない木」右京が江藤の背中に投げ掛けると、江藤は立ち止まった。「森村さんのおばあさんの言葉がヒントを与えてくれました」

同時に尊が脇にあったスコップを構えた。そして江藤の目を見据え、庭に植えてあるカクレミノの幼木の根元を掘り返し始めた。

「何やってんだよ！　やめろ！」

江藤が大声でそれを制止しようとした。そのときスコップの切っ先がカーンと音をたてて鉄板のようなものに当たった。

「道理で花が咲かないはずです。この木は根付いてなどいなかったのですから」

右京が横目で江藤を睨んだ。

「この施設の測量見積もりを見せてもらいました。五年前、ここには涸れ井戸があったんですよね」

尊はそう言いながら、さらに土をどかした。すると鉄板の切れ目に石で出来た井戸の縁がのぞいた。

「あなたはそれを隠すために、鉄板で覆い、その上に木を植えたんですよ。三島さんはこの涸れ井戸に落ちて死んだんです。あなたが突き落としたんですよ」

江藤はうらめしげな目で右京を見上げた。その視線を跳ね返して、右京が続ける。

「あなたは三島さんの遺体を引き上げ、霞が関へ運びました。その夜降った雨もあなたに味方しました。いや、あらかじめ調べておいたのかもしれませんが。三島さんの遺体からは国土省のバッジがなくなっていました。おそらく、この井戸の底に落ちているんじゃありませんかねえ」

右京の最後のひと言が、虚勢を張っていた江藤を崩した。鉄板の上にしゃがみこんだ江藤はついに地べたに尻をつき、投げやりに怒鳴り声をあげた。

「あーあーあー……ああだよ！　五年も待ってたのによ！」

その江藤を見下ろして尊が言った。

「この土地を手に入れるために、あちこちから随分な融資を受けられてますよね。事前に建設予定地の情報を得たことに関しても、あなたひとりでできたとは思えない。例えば道路族議員の知り合いがいれば別ですけど」

「その辺りはゆっくり話していただくとしましょう」

追い詰められた江藤が、ついに本性を現した。

「何が〝施設を守る〟だ！　あんな奴さえ出てこなきゃ、うまくいってたのによ！」

「三島さんのことをおっしゃっているのですか？」

右京が鋭い眼差しを投げる。

「あの手のバカが一番嫌いなんだよ。大義名分に酔いしれるのは結構だけどよ、世の中そんなふうにできてねえんだよ！　俺にはよくわかんだよ！　おめえらだってわかってんだろ！」

荒い息をつき見苦しい醜態を見せる江藤をじっと見つめていた右京が、最後に冷たく言い放った。

「われわれがわかっているのは、あなたには三島さん殺しの罰が下るということです。それも情状酌量の余地もない重い罰が」

江藤は草の上に両手を突いて空を仰ぎ、虚ろな表情になった。

その数日後、右京と尊が警視庁を出て表の並木道を歩いていると、片倉と沢村にばったり行き合った。

「おや、偶然ですねえ。お互い職場が近いですからね」笑顔で挨拶をした右京が、思い出したように言った。「ああ、結局お認めになったのは、岳井建設の一件だけだそうですねえ」

片倉が表情を硬くした。

「認めるも何も、それ以外に事実はありません」

「まあ、いずれにしても談合罪の時効は三年、われわれにはもう追及しようもないのですが」

「私だって無傷ではありませんよ。今回の一件で任を解かれて、今では係長です」

右京の脇で片倉の言葉を聞いていた尊が進み出る。

「そしてほとぼりが冷めたら課長に特進ですか？」

その尊にちらと視線を投げ、片倉が言った。

「よくご存じですね。あれから私も少しは考えました。やはり、残念ながら私は三島にはなれないようです」

背後にいた沢村が、「行きましょう」とまるで時間のムダとばかりに片倉をせっついた。

「失礼します」

立ち去ろうとする片倉を右京が引き止めた。

「ああ、ひとつだけ。敬葉園に三島さんが植えた木ですが、間宮村の村役場の庭に植え替えてもらいました。いつか花を咲かせるかもしれません」

「なぜ私にそんなことを?」

「いずれ見る機会があればと思いまして」

一瞬言葉を呑んだ片倉は右京をじっと睨み、振り切るように歩みを速めた。


「結局、徒花《あだばな》に終わったということですかね」

片倉と沢村と別れて歩道を歩きながら、尊が溜め息を漏らす。

「徒花。たとえ咲いても実を結ばない花……ですか」

「民営化がどうなったかご存じでしょう。法案は骨抜きにされ、九三四二キロの道路は全て造られる。もちろん第二関越もです。結局、何も変わらないんですよ。三島さんが相手にしようとしてたのは、官僚という強固な組織が作った百年の大計です。その前でひとりの人間がどんなに抗《あらが》ったってどうにもならないんだ」

かりそめにもその世界に近いところに身を置いたことのある尊らしい感想だった。

「誰もがそう思うからこそ、誰かが抗わねばならない。それが三島さんの思いだったたんじゃありませんかねえ」

遠くを見つめながら、右京が三島を悼む。

「杉下警部も同じ思いなんでしょうか？」

「はい？」

「この事件を暴こうとしたのは、三島さんのように……」

尊を遮って、右京はさらりと言った。

「いえ、ぼくはただ、真実に興味があっただけです」

一瞬立ち止まってその言葉を反芻した尊は、右京の背中を追い駆けた。

少しだけその距離が縮まったような気がした。

第六話
「フェンスの町で」

一

　大型の軍用機が大轟音とともに空を塞ぐ。東京都下の基地のある町で、白昼堂々と郵便局が襲われた。犯人はひとり。銃を持ち営業終了間際の郵便局に滑り込み局員に発砲しつつ、金庫の金を奪っていった。ところが怪我人はゼロ。使ったのはモデルガンで、血にそっくりに見える何らかの液体を発射して威嚇したのみだった。その手口は見事としか言いようがなく、現場に入った捜査一課の面々も、防犯カメラを再生しつつ驚きの声を上げていた。

「全く無駄のない動きだな」

　捜査一課の刑事、伊丹憲一が唸る。

「銃口を奥の職員のほうにも向けて威嚇しながら、前の職員のほうに接近してるな」

　同じく捜査一課の三浦信輔の指摘通り、床やカウンターの上をまるでミリ単位で計算しながらローリングし、目的を達成している。

「やっぱ、なんらかの軍事的な訓練を受けた人間ですかねえ」

　捜査一課いちばんの下っ端、芹沢慶二が声に出すと同時に伊丹の平手打ちが頭を襲った。

「あ、痛っ！」

「おい、めったなこと言うな。おまえ、ここをどこだと思ってんだ」

三浦が言うように、ここはフェンスの向こうに外国を抱えた基地の町なのである。ただでさえナーバスなところへもってきて、誤解を生むような発言はタブーなのだった。

「いや、でもですよ。現場周辺の主だった道路の検問の設置はかなり早かった。もしこの国道まで出られたとしても、ここは常に渋滞してるし路肩も狭い。バイクでもそうスイスイは進めない。都内、埼玉、どっち方面に逃げたにしろ、検問には引っ掛かってるはずですよ」

芹沢は周辺地図を指しながら抗弁する。

「駅周辺を固めたのも相当早かったんだろ？　周辺で乗り捨てられたようなバイクは見つかってないしな」

伊丹もその可能性を抹殺するには論拠に乏し過ぎると認めざるを得なかった。

「となると……やはり、ここか？」

三浦が指した地図のなかの広大な空白地帯を囲んで、三人は頭を擦りよせて目配せした。

「事を大きくしたいようだな」

捜査一課の三人から状況報告を受けると、刑事部長の内村完爾《かんじ》はそっぽを向いたままだみ声をさらに低く、ドスを利かせた。

「いえ、そういうわけでは……」

伊丹が苦しい返事をする。

「いいか、フェンスの向こう側のことは、まず忘れろ。万が一、疑わしい人物が現れたら、直ちにこちらに報告しろ。何も自分たちでは判断するな」

参事官の中園照生《てるお》が内村の代弁をする。

「以上だ」

言うなり内村はブスッと横を向いて退出してしまった。

「へっ、怖じ気づきやがって」

廊下を歩きながら伊丹が気炎を上げる。芹沢が続く。

「〝フェンスの向こう側は忘れろ！〟って言われても、忘れられるわけないっスよ」

「忘れるんじゃない。慎重にいけってことだよ」

三浦が辛うじて取り成すが、今回はこの捜査一課の三人、内村や中園の言いなりにはならない気配が濃厚なのだった。

一方、特命係の小部屋では、杉下右京がある電話を受け、嬉しそうに席を立とうとしていた。

「そうですか。わかりました。では、これから伺います」電話を置いた右京はハンガーから上着をとり、「昨日の郵便局強盗の件で、米沢さんが面白いものを作ったそうです」と背中を向けて座っている神戸尊《かんべたける》に告げた。

「へえ～、米沢さんが」

「ええ、ちょっと行ってきます」と部屋を出つつ、立ち上がった尊を背後に感じて「ついてくる気ですか？」と訊いた。

「構いませんよね？」

尊が口元に笑みを浮かべると、右京は快く頷いた。

「構いませんよ」

鑑識課の部屋に着くと、米沢守が防犯カメラの映像をパソコンで再生しながら分析を進めていた。

「映像で、拳銃のグリップから延びたコードが確認できます。おそらく、リュックのなかには大きめのバッテリーが入っていたんでしょう。それが強力な通電を可能にしている」

米沢は実際、同じものと思われる装置を作って自らリュックを背負い、コードに繋がれた拳銃を手にしていた。そしてフロアの真ん中に立たせた白いマネキンに向かって狙いを定め、引きがねを引いた。

次の瞬間、右京も尊も目を瞠《みは》った。銃口からは赤い血にそっくりな液体が飛び出し、マネキンの眉間に命中したのだ。

「この赤い液体はただの塗料でした。液体をゲル状にする薬品キサンタンガムを混ぜて、これが血液に見えるように偽装したんでしょうなあ」

「へぇ〜。これだけのものを再現するなんて、相当時間かかったでしょう」

尊が単純に感心してみせる。

「いや、ネットで得られる情報と市販の材料を組み合わせて、ひと晩で完成しました。特殊な工作機器は使っておりません」

「ひと晩で……」

尊がさらに感心の度合いを高める。

「この改造スタンガン、心惹かれるところ……いやいや、鑑識として注目すべき点が多々あると思いまして、一気に作りました。ちなみに費用はさほどかかりませんでした」

どうやら米沢のマニアックなこだわりに火がついたようだった。

「拳銃に見せかけた簡単に作れる自作の武器、単独犯、そして犯行と逃走に成功している。きみならどう考えますか？」

いきなり右京に振られて、尊は慌てた。

「ん？　えっ？　お、俺ですか？」

「ええ。きみもそろそろ捜査というものに慣れてきた頃でしょうから」

「うーん……」

突然当てられた生徒よろしく、尊は頭をひねった。


尊の解答はスカイラインGT－Rで実際現地を巡りながら披露されることになった。

「ここは作戦、通信、輸送系の基地です。戦闘部隊はいません。捜査員のなかには基地の軍人を疑う者もいるようですが、それは少し早急かと思います」

金網一枚で基地と隔てられた幹線道路を走りながら尊が言った。

「なるほど」

「地理的には逃走に不利なように見えますが、現在の携帯の検問情報サイトはかなり正確で、即時性も高く情報量も多い。会員制のサイトはさらに情報が充実してるようです。また、二輪車用のナビも高性能化が進んでいます。検問を避けて遠方に逃走するのは十分可能です」

尊は自分のスマートフォンを出して会員制のサイトを画面に呼び出してみせた。

それからふたりはいよいよ事件現場である郵便局に到着した。閉められたままのシャッターを警備の警官に開けてもらい、なかに入ると尊が続けた。

「犯行に実弾を使えば弾頭が残る。弾頭は多くの情報を捜査陣に与えてしまいますから、それを避けた。スタンガンには、強い電気ショックを与えることによって被害者の記憶を曖昧にさせるという効果があります。さらにあの赤い液体。血が出るのと出ないのとでは周囲の人間に与える恐怖心が全く違います。そしてもちろん、無駄に死傷者を出さずに済むわけです。これらのことから想定される犯人像ですが、まず、的確に情報ツールを利用している点、次に特殊な凶器を製造している点、最後に現場での冷静かつ無駄のない動き、以上の点から、犯人は強盗に手慣れた人物、いわゆるプロの犯罪者だとぼくは考えます」

尊は自信たっぷりにプレゼンを終えた。

「なるほど。犯罪捜査の盲点を指摘し、なおかつ得た情報を多角的に分析する、実に模範的な解答です」

局内の様子を仔細に観察しながら、教え子の解答をどちらかというと片手間に聞いていた観のある右京が、とりあえずは一次評価を下す。

「そりゃどうも」

「優等生的というか、教科書的というか……あっ、失礼。独り言が過ぎました」

「いや、杉下さんの独り言は音声、意味ともに非常に明瞭なんですね。ハハハ……」ムッとした感情を押し殺して作り笑いを浮かべた尊が切り返した。「では、杉下さんの考えを伺いましょう」

いよいよ今度は右京が模範解答を披露する。

「犯行にスタンガンを使ったのは、銃を買うお金もコネクションもなかったから。血液に偽装した赤い液体も、そんな犯人の苦肉の策である。そう解釈することも可能ですねえ。さらに、逃走に不利な金融機関を襲ったのは、単にそこしか思いつかなかったから。そう考えることもできます。まあ、いずれはっきりします」

右京はそこで一旦言葉を切り、奥の金庫室に向かった。

「金庫室のなかには通常、どこかにこのような非常ボタンが存在します。犯人は、きみの今のその位置に立っていました。そこからぼくの手元が見えますか？」

右京は実際、非常ボタンに触れながら尊に訊いた。

「いえ」

「きみの言う〝強盗のプロ〟が死角となる位置に立つとは思えません。もっとも、ぼくはきみの意見を全て否定しているわけではありませんよ。赤い液体の効果については同意見ですし、現場での動きを見ればなんらかの専門的な訓練を受けている者だと推測できますからねえ。ええ」

尊は褒められているのか貶《けな》されているのか定かでないまま複雑な表情で、郵便局を出て次の場所に向かう右京の後を追った。

二

郵便局を出て小路をまっすぐに歩いてきた右京は、脇にそれたところにひっそりとある狭い原っぱを見つけてそこに立ち止まった。

「ここから先はきみの協力が必要です」

「はい？」

「車のなかに用意してきたものがありますから」

尊は雲を摑むような右京の命令に従うしかなかった。


「これでよろしいですか？」

数分後、スタンバイした尊は意外な格好をしていた。黒いジャンパーに黒いナイロンパンツとライダーブーツ、ハーフキャップのヘルメットにサングラス。それに背にはやはり黒いリュックを背負っている。つまり目撃者の証言に基づく犯人の黒ずくめの服装を復元したことになる。

「ああ、結構ですねえ」右京はいたって満足気に頷いた。「捜査本部では、犯人はバイクで逃走したという見解でした。しかし、ではなぜ犯人はハーフキャップのヘルメットをかぶっていたのでしょう」

「確かに……顔を隠す目的もありますから、フルフェイスのほうが理にかなってますね」

「ええ、フルフェイスに比べハーフキャップが優れている点は、持ち運びにかさばらないということです。そこで、こう推測するとどうでしょう。犯人はヘルメットをリュックに入れて郵便局の近くまでやって来た。そして、そのいでたちで犯行に及び、犯行後……」

右京は尊の背からリュックをひったくり、ファスナーを開けてなかから大きな布製のスポーツバッグをとり出した。

「ヘルメット」

右京に指示された尊は慌てて頭からヘルメットをはずして渡し、続けてジャンパーとパンツも脱いで手渡した。右京はそれを次々とスポーツバッグに放り込みながら言った。

「きちんと整理をすればリュックのなかにも入るのでしょうが、時間がかかりますし、それにリュックは犯人の大きな特徴のひとつでもありますからねぇ。そこで犯人はこのようなバッグを用意したのではないでしょうか」

「つまり、ライダーの格好は偽装であり、逃走手段はバイクではなかったということですか？」

「バイクと同様の機動力のある乗り物といえば……？」

　クイズのような右京の問いに、尊は即座に答えた。

「自転車」

「ピンポンです！」右京は人差し指を尊に向けて続けた。「生活道路も含め周辺の全ての道路に、迅速かつ厳重な検問を設置することは不可能です。検問の警察官がバイクに目を奪われている隙に、犯人が自転車で逃走することはそう難しくはないと思いますよ」

「いや、でも、まさか……」

　予想外の右京の推理に、尊は狐につままれたような気分に陥った。

「神戸君、さっき、こんなものを発見しました」右京は宝物を見つけた子供のように無邪気な笑みを浮かべて、原っぱの隅に露出している土の所に尊を誘導した。「これ」そこには何かの痕がついていた。

「これは……タイヤ痕ですね」尊はそれを仔細に眺めて言った。「なるほど、ここは道路から死角になっています。この線で調べる価値、ありそうですね」

「米沢さんにお願いしましょう」

　右京の声が弾んだ。

右京はこの町に何軒かあるミリタリー・グッズを商っている店を当たった末に、あるターゲットを見つけた。

「この辺りは基地がある関係で、サバイバルゲームやミリタリー関係のサークルが多いそうです。その取りまとめをしているのが、これから行くサークルだそうです」

「こっちですね」

人家を離れだんだんと森に入っていく道を、区分地図を手に指さす尊を、右京は眉を顰《ひそ》めて見た。

「そっちで間違いありませんか？　きみは以前にも道を間違ってますからねえ」

「過ぎたことをいつまでも……」と愚痴を言いながらグイグイと率先して歩いていた尊が「危ない！」といきなり横に跳ねた。何か弾のようなものが飛んできたのだ。咄嗟の所作で尊がよけた弾は、後ろにいた右京の胴に当たった。右京は枯れ葉の上に落ちた小さな白い弾を摘み上げた。それはプラスチック製のエアガンの弾だった。

「大丈夫ですか？」

跳び退いた尊が右京に声をかける。

「心配には及びません。おかげできみのことがひとつわかりました」

「はい？」

「きみ、いざとなるととても俊敏ですね」

「ああ、いや……」

尊は恥じ入るように頭を掻いた。

「先ほどはどうも。うちのメンバーがすみませんでした」

期せずして目的のサークルのアジトに最短距離で到達した右京と尊は、挨拶もそこそこにリーダーの大瀧《おおたき》から詫びを入れられた。

「当たりどころが良くて幸いでした」

すっかりミリタリー気分の服装で全身を固めているリーダー以下全員を、右京は見渡す。

「あなたはこの辺りのサークルに顔が利くそうですね」尊が訊ねる。

「ええ、まあ。それが何か？」

「全てのサークルの名簿を見せていただきたいんですが」

「申し訳ありませんがお断りします。警察の方に協力する義務はありませんから」

尊の申し出を、大瀧は生意気な屁理屈をつけて断った。

「しかし、ぼくらもこのまま手ぶらで帰るわけには……」

尊の横から右京が割って入った。

「平成十八年八月二十一日、銃刀法が改正されました。規定値以上の威力のあるものは〝準空気銃〟と称され、所持が禁止されています。違反した場合は一年以下の懲役、または三十万以下の罰金と定められています。先ほどぼくを撃ったエアガンですが、ずいぶん威力の強いものだったようですねえ」

理屈を述べさせれば右京にかなうものはそうはいまい。大瀧はたじろいだ。

「われわれは趣味の範囲でやってるんだ。違反する奴なんていませんよ」

「やましいことがないのは結構。では一応、念のために皆さんのエアガンの数値を測らせてもらいましょうかねえ」

そこでビビった大瀧が折れた。

「名簿を渡したら帰ってくれますか?」

「とりあえずは帰ります」

大瀧が仲間のところに駆け寄り相談するところを見ながら、尊が小声で言った。

「ソフトな脅迫だ」

「脅迫とは人聞きの悪い。取引です」

なるほど、ものは言いようであった。

その頃、捜査一課の三人は成果の上がらない捜査にほとほと疲れた末に、基地の金網に沿って歩いていた。

「バイク持ってる前科者を調べても出てこねえ」と伊丹。

「現場周辺に潜伏してる様子もないし」

三浦も疲労困ぱいの様子である。

「やっぱ、この向こうか……」

溜め息まじりに金網の内側を覗く伊丹に、芹沢がはっぱをかけた。

「先輩、日本警察の意地、見せてやりましょうよ。ね、三浦さんも」

そのとき、伊丹の携帯が鳴った。

「はい、伊丹。何!?」

三

右京と尊はサバイバルゲームのチームから得た名簿を元に、目星をつけたメンバーを当たった。まず右京が選んだのは土本《つちもと》公平という十五歳の少年だった。早速自宅を訪れてみたが、どうやら留守のようである。

「なんでこの少年が気になるんです?」

玄関先で尊が質問をぶつける。

「いけませんか?」

「いけないですけど、十五歳ですよ」

右京はそこで初めて根拠を示した。

「もし、犯人が自転車で逃走したとするならば、それはまだ免許を取れる年齢ではなかったから。そう考えることもできますよねえ。となると、まずは若い人が気になるじゃありませんか」

「なるほど」

右京はさりげなく家の周囲を探ってみた。すると駐車場の脇にビニールカバーを被せた自転車が置かれていた。そのカバーをめくりタイヤを見た右京は、尊を呼んだ。

「神戸君！」

尊が駆けつけると右京は内ポケットから例の原っぱで採取したタイヤ痕の写真と見比べながら、「これ！　おんなじですね」と目を瞠らせていた。

「いや、でも、同じ形のタイヤをつけた自転車なんていくらでもあると思いますけど」

尊が水を差す。

「もちろん。しかし、土本公平はもうひとつ、アマチュアレベルのサークルとはいえ、一応軍事訓練を受けています」

「なるほど」

「学校のほうも当たってみましょう」

右京は尊を従えて次の場所へと向かった。

公平の担任、佐藤と面会したときは学校はちょうど休み時間に入っていたようで、校舎は生徒たちでざわめいていた。担任の佐藤はまだ若い男性の教師で、刑事が来たというだけでちょっと動揺したようだった。

「土本公平君はどんな生徒なんですか?」

尊が切り出すと、恐る恐る聞き返してきた。

「あのう、土本が何かしたんですか?」

「いえ、参考程度のことなんですが、最近、土本君に何か問題を抱えているような様子はありませんでしたか?」

右京が質問を変えた。

「いやあ、なかったと思いますけど。あ、こちらです」

休み時間に公平がいそうな屋上へと佐藤はふたりの刑事たちを案内してきたのだ。屋上の扉を開けると数人の生徒が殴りあいの喧嘩をしている。佐藤は生徒たちを怒鳴りつけて駆け寄った。

「こら、やめろ!」

どうやらそれは喧嘩ではなく、ひとりの生徒がもうひとりの生徒を一方的に痛めつけていて、それを周りの生徒が見ているらしかった。生徒たちには佐藤の怒声だけでは効果がなく、尊が体を割って入り込んで初めて事態は収まった。

「大丈夫ですか？」

殴られ蹴られて地面にうずくまっている生徒を右京は助け起こした。そのときドアの方から聞きなれた声がした。伊丹だった。

「はーい、そこまで！　くっ、また特命係かよお〜」

「どうも」と、右京が頭を下げる。

「チッ。えーと、土本公平君は？」

「ぼくです」

意外なことにやられっぱなしだった生徒が公平だった。

「なんのことか、わかるよね？」

伊丹が示した警察手帳を見て無言で頷いた公平は、芹沢に腕を引かれて行った。

「さすが警部殿。自力でよくここまで」

三浦が感心する。

「あなた方はなぜここに？」

「母親からの通報です。失礼します」

三人が公平を連れて去ると、残った生徒たちを佐藤が咎めた。

「おまえら、何をやってたんだ」

「四中《よんちゅう》の立ち技最強を決めてた。土本がどうしても俺に挑戦したいって言うからさぁ。あいつ、しつこくて……」

一方的に痛めつけていた生徒が答えた。

「ねえ、土本、どうしたの？」

傍観していた女子生徒が佐藤に訊ねる。

「おまえらには関係ない。早く教室に戻れ、ほら」

生徒を追い立てて戻ろうとする佐藤に、尊が言った。

「おとがめなしですか。イジメにしか見えませんでしたが」

気まずい顔をした佐藤は、しかし何も言わずに去って行った。


公平を最寄りの西多摩署に連行し取調室に入れた伊丹と芹沢は、うな垂れる公平に尋問を始めた。

「驚いたよ。中学生のくせに、ずいぶん大胆な犯行をするもんだなあ。なんであんなことをやったのかなあ？」

伊丹が穏やかに訊ねると、公平は訥々と話し始めた。

「ぼく、クラスでイジメられてて、家でも親と全然口利かないし、だからどこか遠いところに行って、そこでひとりで暮らしたかったんです。でも強盗した後に体中から力が抜けて、何もする気がなくなって……」

公平は本当にあんな犯罪をしたのか、と目を疑うほど頼りなく弱々しい少年だった。

「強盗した時の動き、ずいぶん様になってたよね。ああいう動きはどこで身につけたの？」今度は芹沢が訊ねた。

「軍事系のサークルで訓練しました。ぼくがいたところは元自衛官の人がリーダーで、結構本格的にやってるんです」

「本格的に訓練したんなら相当強いんだろ？　なのに、なんでイジメられてるんだ？」と伊丹。

「あいつらには暴走族の先輩とかいて、その先輩の先輩にはヤクザもいるっていう噂があって」

「逃走方法は？」重ねて伊丹が訊く。

「自転車です。大きいスポーツバッグにリュックとかメットとかジャンパーとか全部入れて、制服の上にジャンパーだけ着てて、逃げる時にそれを脱いだんです。制服のほうが止められにくいと思って。裏道でお巡りさんが立ってるところがあったけど、通過できました」

西多摩署で公平の取り調べをマジックミラー越しに聴いていた右京と尊が部屋を出ると、通りかかったフロアで三浦が主婦と思しき女性に聴取していた。

「公平の母親でしょうか」

扉の陰で尊が右京に耳打ちする。

「息子さんだと気づいたきっかけはなんですか？」

三浦が公平の母、土本由香里に訊ねた。

「テレビで映像を見て、なんとなくあの子に似ているような気がして。あの子、昔からモデルガンとか興味持ってましたし。それで、あの子が学校へ行っている時、部屋を。そしたら……」

由香里はそこで言葉を切り、俯いた。

「そしたら？」三浦がさらに訊ねる。

「クローゼットにお金が……」

「なるほど。しかし、通報前に本人とは話さなかったんですか？」

「話しました。でもあの子、〝知らない、関係ない〟って。怖くて、それ以上訊けなくて」

「怖くて？　それはどういうことですか？　えっ、どうしました？」

由香里は嗚咽してそれ以上言葉が出ず、ただただ「ごめんなさい、ごめんなさい」と頭を下げるのみだった。

警視庁に戻ったその足で鑑識課の米沢を訪ねた右京と尊は、机の上に並べられた公平から押収した証拠品を見ていた。

「自供の裏付けを取って終わりってところでしょうか。まあ、罪は全面的に認めてるわけだし、基地絡みの厄介な問題に発展せずに済んで、みんなホッと胸をなで下ろしてるんじゃないですかね」

尊の口調はちょっとつまらなそうである。

「納得いきませんか？」右京が問う。

「ええ。違和感はあります」

「違和感とは？」

「中学生が刑事に囲まれていながら、あれだけ冷静に受け答えをしている。肝が据わってるにしても、やっぱり不自然に感じます」

「同感です」と応えた右京は、「神戸君」と注意を促した。「これ、見てください。化学記号の走り書きです」右京は押収品のなかから教科書を手に取り、あるページの余白を指した。

「もしかして……」尊が呟く。

「ええ。米沢さん!」

右京が奥で作業をしている米沢を呼んだ。

「これは……爆薬の化学式ですね」

その走り書きを見せると、米沢は即座に断定した。

「でも十五歳の少年がなんのために?」

尊が首を捻った。

「なんのためでしょうねえ」右京の目が光る。

「引き続き、彼のパソコンを調べます」

米沢が作業に戻りほどなくして、ようやく公平のパソコンのデータが復元できた。

「こんなファイルが出てきました」

米沢がパソコンの画面に呼び出したのは何かの表のようなものだった。尊が画面を覗き込む。

「爆弾の材料のリストですかね。上のほうの商品は爆薬関連、下は起爆に関するものですか」

「そのようですねえ」右京も同調した。

「そして、このようなものもありました」

米沢は次の画面を開いた。そこには爆弾の作り方を細かく説明したサイトのコピーがあった。

四

再び西多摩署を訪れた右京と尊は公平を取調室に呼び出した。

「サイトは既になかったけど、消されたデータを復元できたよ。このリストも」

尊がパソコンの画面をプリントアウトしたものを机の上に並べると、公平の顔色が変わった。

「国道沿いのホームセンターの防犯カメラの映像は、郵便局のものより鮮明でした」右京が内ポケットから映像のコマをプリントした写真を取り出し、少年の前に置いた。そこには両手に重い買い物荷物を提げて店を出る公平の姿がはっきりと写っていた。「この店では、いつ、どんな商品が売れたか、全てデータが残っています。そして簡単に検索できます。爆薬や雷管の材料となるような商品がまとめて買われていました。爆弾の隠し場所はどこですか？」

ここまで知られてしまっては万事休すと諦めたのか、公平はあっさりと口を割った。

「西町のふれあい橋の下の空き地みたいなところです」

「お願いします」

脇に待機していた所轄の刑事に右京が回収を指示する。

「爆弾を作って、何を爆破するつもりだったのかな?」

刑事が出て行くと、今度は尊が訊ねた。

「教室です。あいつらだけじゃなくて、クラスの奴らもクスクス笑ったりしてたし」

「じゃあ、郵便局強盗の目的は?」

「なぜ大金が必要だったんですか?」

尊に続けて右京も質問を重ねた。

「どこかに逃げたくて……。教室を爆破して、それからどこかに逃げて、そこでひとりで暮らせたらいいなあって」

肩を丸めた公平は、虚ろな目でポツリと呟いた。尊が叱る。

「なんで最初からその話しないの?」

「それは……ただの強盗じゃなくて、爆弾まで作っていたってことになると罪が重くなると思って」

右京と尊は目を見合わせた。

取調室から公平が自白した橋の下の空き地に直行した右京と尊に、米沢が走り寄ってきた。

「どうでした?」

右京の問いに対して、米沢が報告する。

「彼の供述通り、爆弾が発見されました」

「やっと一件落着だ」

尊がパチリとひとつ手を叩いた。

「どうもありがとう……ああ、米沢さん」再び現場に戻っていく米沢を、右京が呼び止めた。「その爆弾に時限装置はついてましたか？」

「詳しい分析はこれからですが、処理班の話だと、時限装置らしきものの存在はないようです。遠隔操作もできないようです」

米沢が答える。

「時限装置がついてないなんて、そんな……」

それを聞いた尊が疑義を口にした。

「きみも見た、あのホームセンターのリスト、爆薬や雷管に関するものはありましたが、時限装置に関するものはありませんでしたねえ」右京が尊に確認する。

「ええ、そうでした」

「時限装置を作るには、市販のタイマーをちょっと改造するだけでいい。さほど難しいことではありません。なぜ、その時限装置をつけなかったのでしょう？」

「つまり、教室を爆破してどこかの町へ、という彼の供述は……」

わかりかけてきた様子の尊を見て、右京が頷いた。

「もう少し調べてみる必要がありそうですね」

右京と尊は再び取調室に公平を呼び出して、そこのところを訊いてみることにした。

「どうして時限装置をつけなかったの？」

尊が詰め寄ると、公平はしれっと答えた。

「取り付ける予定だったんですけど、ちょっと手間取っちゃって。それで未完成のまま隠しました」

「時限装置を取り付けることは、あの改造スタンガンを作るより、はるかに簡単ですよね？」

公平の正面に座った右京が穏やかに訊ねる。

「本当は、奪った金を使って、もっとたくさん爆弾を作って、学校ごと吹き飛ばすつもりでした。とにかく先生も生徒も、学校の奴全部が憎かったんです。それができれば、自分は死んでもいいって思ってました」

公平は机の隅の一点を見つめながら暗い声で話した。尊が問い詰める。

「それならどうして嘘をついたの？　教室を爆破するより学校ごと爆破するほうが罪は重くなるかもしれない、でもきみはやっていない、やるつもりだったというだけなら罪の重さは変わらないだろう」

「心証が悪いかなって……」

「フッ。嘘を重ねるほうがよっぽど心証が悪いよ」

やはり子供じみた公平の考えを聞いて、尊は鼻を鳴らした。


「簡単に取り付けられる時限装置を取り付けていなかった。それは自爆テロと同様、死んでも構わないと思ったから」

取調室から特命係の小部屋に戻る道すがら、尊が今聞いた公平の話を整理した。

「しかし、そんな彼が量刑や心証などといったことを気にしている」と右京が続ける。

「うーん、これまで素直に答えていたのに、突然黙ってしまいましたしね。今時の中学生は難しいや」

尊が首を捻りながら小部屋に入ると、お気に入りのパンダカップを手に勝手に座ってコーヒーを飲んでいた組織犯罪対策五課の角田《かくた》六郎が嬉しそうに訊いてきた。

「おう。例の十五歳、調べてんだって？」

「これまで素直に答えていたのに、突然黙ってしまったんです」尊が報告する。

「ああ、大変だよ、あの年頃は。うちの下のガキもよ、夏休み最後の日にいきなり金髪にしてきてよ。ほんで〝学校やめて、ビジュアル系バンド組む〟とか言い出してな。ついには化粧まで始めちゃってよ。俺そっくりの顔してんのによ」

「フフッ……あ、すみません」

角田の顔をしげしげと見た尊は思わず失笑してしまった。

「へっ。だから、〝おまえには無理だ〟っつったら、〝うわ～、希望を失ったあ〟って口利いてくんなくなってな。ようやくおとといだよ、〝なんか飲む？〟って話しかけてくれたのは」

「それはよかったですね」

尊がおざなりな相づちを打つ。

「うん。親子の会話っつうのはホントに難しいよ」

それを聞いて尊が思い出したように呟いた。

「そういえば、あの少年も母親と口利かないって言ってましたよね？」

「ええ」右京も頷いた。

五

土本家を訪ねた右京と尊は、まず公平の部屋を見せてもらった。変哲もない普通の中学生の勉強部屋のように見えたが、机の本棚から町の地図を抜き取った右京は目を瞠った。そこに示された基地の空白地帯が、黒マジックの荒々しいタッチで塗りつぶされていたからだ。それを覗き込んだ尊も無言で眉間に皺を寄せた。

「お茶、入りましたけど……」

公平の母親、由香里は刑事の訪問に身を硬くしていた。

「イジメに遭っていたことはご存じでしたか？」尊がソフトに語りかける。

「いえ」

「息子さんとは普段、あまりお話をされないんですか？」

尊の質問に黙したままの由香里を、右京は別な方向から攻めた。

「警察署であなたは〝怖い〟とおっしゃいました。それは公平君が、ということですか？」

「別れた夫は私に暴力を振るいました。あの子、日に日にあの人に似てくるんです。姿も、声も」

由香里がポツポツとながら語り始めた。

「その暴力はいつ頃のことでしょうか？」

右京が訊ねる。

「離婚の前、一年ほど前からです」

「公平君のために、その頃のことを少し詳しく話していただけませんか」

「ゴォーっていう低い音がするんです。飛行機が飛ばない時も。その音がいつも気になって……」

右京の申し出に対し、急にそんなことを言い出した由香里に戸惑いつつも耳をすますと、確かに音が聞こえた。尊が先を促すと由香里は再び語り始めた。

「あの人、職場の草野球チームに入ってて、ある日、グラウンドの駐車場でYナンバーの車とトラブルになって、殴られて怪我をして」

由香里は記憶をたぐりながら、まるで目前のことのように苦痛で顔を歪めた。

「基地関係者の車ですね」

尊が訊くと、由香里は静かに頷いた。

「警察は、相手が基地関係だとあんまり積極的に捜査してくれないところがあって、それで市役所に相談に行ったり……そのうち同じような体験をした仲間ができて、グループみたいな形になって。それからすぐリストラされました。確かに会社の業績は悪化してたんですけど、あの人が真っ先に」

「何か政治的な活動だと思われたんでしょうか」

尊の問いに答える代わりに、由香里は俯いて嗚咽した。

「それからなかなか仕事が見つからなくて、悔しさや苛立ちを私にぶつけるようになって……」

「あの少年は基地を憎んでるんでしょうか」

土本家を後にした尊は、やるせない思いで右京に訊ねた。

「リストラも、父親の暴力も、離婚も、基地のせいだと考えても不思議はないでしょうねえ」

「たとえばですよ、奪った大金を使って大量の爆弾を作り、基地を爆破する計画を立てていた」

「きみもなかなか大胆な発想をしますねえ」尊の考えに感心してみせた右京は、「ちょっと確かめたいことがあります」と先を急いだ。


右京が向かったのは公平が通っていた軍事系サークルのリーダー、山下の経営する自動車整備工場だった。

「うちのメンバーの土本が何か?」

油にまみれたつなぎの作業服を着た山下が、心配そうに聞き返してきた。

「ああ、いえ、ちょっとお訊きしたいことがありまして」右京が警戒を解いてから切り出した。「あなたのサークルでは格闘技を教えてらっしゃるそうですが、それはどういったものでしょう?」

安心した山下はざっくばらんに応じてくれた。

「自衛隊の徒手《としゅ》格闘を改良したもので、いたってシンプルで実戦的なもんです。ああ、捜査のお役に立つならお見せしましょうか」

「ええ、ぜひ」

嬉々としてお願いする右京に応え、山下は傍らの作業員に声を掛け、にわかに実演が始まった。とても演習とは思えない迫力のある実戦を演じて見せる山下と作業員に、右京と尊は拍手を送った。

「すばらしい！」

「今は防具も何もつけてませんから、急所には入れてません」

「えっ、急所には入っていない？」

尊が驚嘆した。というのも、山下の拳や蹴りは相手の体に食い込むように決まっていたように見えたからだった。

「ええ。お互いに経験を積んで、相手の動きを理解すれば可能です」

山下の答えに、ふたりはさらに感心の度合いを深めた。

「土本君はかなり攻撃を受けていた。しかし、取調室では平気な様子で供述していました」

帰り道で尊は、屋上で見た格闘の場面と取調室での公平の様子を思い浮かべた。

「つまり、土本君とやり合っていた少年も、格闘の訓練を積んでいた可能性が高い」

「ということは……」

「あの少年、ただのイジメの加害者ではなさそうですね」


右京と尊はその足ですぐに町のゲームセンター前でたむろしている数人の中学生たちを見舞った。彼らは暇そうに店の階段に座り飲み食いをしていた。

「きみたち四中?」

尊が声をかけると男子生徒のひとりが、「オッサン、誰?」と聞き返した。

ムッとした尊が警察手帳を示した。

「ちょっと話を聞かせてもらいたいんだけど」それを見るなり一目散に逃げ出そうとした生徒たちを、尊が捕まえた。「はーいはいはい。素直に質問に答えてくれたら、学校サボったの見逃してあげるよ。オッサン呼ばわりしたこともね」

「チッ、わかったよ」

諦めて不貞腐れた男子生徒に右京が訊ねた。

「屋上で土本君をイジメていた彼の名前、教えていただけますか」

「村越」男子生徒がぶっきらぼうに答えた。

「今どこにいるか、わかりますか?」

右京がまた訊くと、今度はもうひとりの男子生徒が言った。

「あいつはいつも一緒にいるわけじゃないし」

「土本君をイジメてるのは、いつも村越君ですか？」

「俺らがやってるとすぐに替われって言われて」

「土本君と村越君がふたりでいるところを見たことはありますか？」

右京が続けざまに訊くと、今度は紅一点の女子生徒が答えた。

「ああ、一回ある。夜、河原で偶然見た。土本がチョー弱いから鍛えてるって言ってた」

「あのふたりは、格闘している姿をみんなに見せていたのではないでしょうかねえ」

尊と肩を並べて町を歩きながら右京が言った。

「ふたりは仲間である可能性が高いということですね」

「しかし、イジメの加害者と被害者であって、決して仲間ではないと周りには思わせたかった」

「でも、なんで人間関係を偽装する必要があったんでしょう。郵便局強盗だって、ふたりでやればもっと簡単にできたはずです」

尊の言葉のどこにレーダーが触れたのか、右京は立ち止まって尊の顔をジッと見た。

「郵便局強盗をふたりでやらなかった……なるほど。神戸君、ぼくはずっと気になっていたことがあります。あの橋の下で見つかった爆弾はひとつでしたね？」

「はい」

「爆弾ひとつとは思えない材料を買い込んだのは、そういうことでしたか」

「えっ！　土本君の計画はまだ終わっていない？」

尊がようやく右京の考えに追いついた。

「村越君です。村越君を捜しましょう」

右京がいきなり駆け出した。


村越の自宅を訪ねると、本人は留守だったが代わりに母親が出てきた。

「彼のよく行く場所、ご存じじゃないですか？　携帯電話にかけてるんですけど出なくて」

尊が訊ねると、その母親、由美はさも面倒臭そうに答えた。

「知りません！　ゲームセンターとかじゃないですか」

「では、最近何か変わった様子は？」

尊が重ねて訊ねると、由美は胡散臭そうな顔で声を上げた。

「わかりません！　あの、なんなんですか？」

「村越君の学校でイジメ問題がありまして、そのことでちょっとお話を」

今度は右京が応じた。

「あの子のことは知りません。今、お客さん来てるんですけど」

イジメと聞いても由美の面倒臭そうな態度は変わらなかった。

「それは申し訳ない」

右京が頭を下げたところに、家のなかからアメリカ人らしき青年が出てきた。由美は振り返ると英語で品《しな》をつくった。

「Hi!《ハイ》 Johnny.《ジョニー》」

「Hey.《ヘイ》 Yeah,《イヤー》 I'm《アイム》 going.《ゴーイング》」

ジョニーと呼ばれた青年は由美の腰に腕を回し、慣れた感じでキスをした。右京と尊は思わず顔をそむけた。

「OK.《オーケー》 Good《グッ》 night.《ナイト》」

「Bye《バイ》-bye.《バイ》」

「Please《プリーズ》 call《コール》 me《ミー》 before《ビフォア》 you《ユー》 go《ゴー》 to《トゥ》 bed.《ベッド》」

「Sure,《シュア》 honey.《ハニー》」

ジョニーが名残惜しそうに由美を抱擁する。

「Mm《ン》-hm.《フン》」

「I'll call《アイルコール》 you《ユー》 tonight《トゥナイト》.」

由美が答えた。

「Yeah《イヤー》.」

「Good night《グッナイト》.」

「Bye《バイ》.」

玄関を出て去っていくジョニーの背中を、由美はじっと見送ってから、右京と尊の視線に気付いたようだった。

「なんですか？　あたし、なんか悪いことしました？　あなた方に迷惑かけました？」

「いえ」尊が首を振った。

「あたしだって、人生を楽しむ権利あるんじゃないですか？　夫と別れてからずっと子供に縛られて、毎日勤め先のスーパーと家の往復で、もう心が腐りそうでした。あんな日々、もう嫌なんです」

由美は誰に訴えるでもなく、ヒステリックに叫んだ。

「村越君はご存じなんですか？」

やりきれない気持ちで尊が訊ねた。

「さあ、知らないんじゃない。しばらく顔も見てないし」

そのとき由美の携帯が鳴った。

「Hi《ハイ》, David《デイヴィッド》. Yes《イエス》?」

先ほどのジョニーとは別の人物らしかった。

「神戸君、西多摩署へ戻りましょう」

由美を捨て置いて、右京は尊を促した。

六

西多摩署に着いたふたりは取調室に公平を呼び出した。

正面に座った右京が、穏やかに切り出す。

「きみの計画は、郵便局から強奪したお金を使って大量の爆弾を作り、基地に突入して破壊することだった。しかしきみは逮捕され、その後、供述どおり爆弾も見つかり、事件は解決したかのように思われた。しかし、まだ終わってはいない」

公平は伏せていた顔をグッとあげて、正面から右京を睨んだ。

「村越君はどこですか？　この計画はきみと村越君、ふたりで立てたものですね。きみたちの計画は、強盗事件できみが逮捕される可能性も考えていた。その場合、あらかじめ隠しておいた爆弾を警察に見つけさせることによって、事件は終わったと油断させるつもりだった。しかし、まだ終わってはいない。なぜならば爆弾はもうひとつ存在するからです。爆弾はどこにあるんですか？」

自分たちの計画がすべて見通されてしまったことに対する驚きと恐れが、公平の無言の表情に交錯した。そこに次の右京の言葉によって、感情の揺らぎが加わった。

「きみのお父さんのお話を聞きました。村越君のお母さんにも会ってきました。きみたちふたりは境遇が似てますよね。親が憎いですか？　先生が憎いですか？　基地が許せませんか？」

素早いまばたきを繰り返した公平は、動揺して語気を強めた。

「親にも教師にも、ぼくらは何も期待してません。そんなこと、どうだっていいんです。ただフェンスを見上げていて、こんなもん壊れちまえばいいのにって思っただけなんです」

「フェンスを壊せば何かが変わると思った？」

壁にもたれて公平を見つめていた尊が訊ねた。

「わかりません。けど、そんな気になって。村越も同じ気持ちで……だから絶対にぼくたちはやり遂げなきゃいけないんです」

「爆弾はどこ？」

身を乗り出した尊は今までの穏やかさを振り払って、声を震わせた。

俯いて奥歯を噛みしめて何かに堪えている公平に、右京が語りかける。

「このまま計画を実行し続けるということは、村越君ひとりが爆弾を持って基地に突入するということです。それがどういうことになるのか、爆弾を作ったきみならわかりますよね？」

公平が再び顔をあげて右京の目をじっと見返した。その公平に、右京は噛んで含めるように言い聞かせた。

「唯一の理解者である村越君を、きみは見殺しにするつもりですか？　土本君、今、村越君の命を救えるのはきみだけです。彼を……いちばん大切な友達を死なせてもいいんですか？」

右京によって現実を突きつけられた公平は、唇を震わせて言った。

「北沢《きたざわ》町の高速……ガード下にボロボロの廃車があって、爆弾はその下に」

「村越君はもう、その爆弾を持って基地に向かってる？」

尊が切迫した口調で訊ねる。

「夜、第三ゲートの東側のフェンスから基地のなかに侵入する、それだけしか決めてません。だけど村越は絶対にやります」

公平の声は涙で震えていた。

「神戸君」

右京が尊に鋭く指示を出す。

「はい」

直ちに部屋を飛び出そうとするふたりに、公平が叫んだ。

「助けてください！　俺……友達、村越しかいないから」

公平の心が初めて融けた瞬間だった。

「ありがとう」

右京がじっと公平の目を見て頷いた。

西多摩署の階段を駆け降りながら、尊は携帯で捜査一課に連絡を取った。

——俺たちに何も言わず、勝手に事情聴取してたんですか！

怒鳴り声をあげた伊丹が、次の尊の言葉を聞いて一瞬固唾を呑んだ。

「少年は爆弾を所持している可能性があります」

——よし！　総動員で確保だ！

電話の向こうで伊丹の号令が大きく響いた。


真夜中の基地に通ずる金網のフェンスとフェンスに挟まれた道を、ひとりの少年が歩いていた。こんな時間にもかかわらず、頭上をまるで要塞のような巨大な軍用機が、ジェット音を響かせて通り過ぎた。少年の背中には小振りなバッグが括り付けられていた。ゆっくりと歩みを進めるその少年、村越良明《よしあき》を、右京と尊が阻んだ。

「きみが背負ってるそのたったひとつの爆弾、それだけじゃ基地を破壊するどころか、ほとんどダメージなんて与えることはできない。きみの命がなくなるだけだ」

尊が慎重に声をかけた。村越はじっと尊を睨み、声を震わせた。

「うるせえ。俺なんてどうなったっていいんだ。俺が死んだって、誰も悲しまねえよ」

「きみのやろうとしていること、それはきみの尊い命を捨てるほど価値のあることなんですか？」

右京がいたって冷静な声で訊ねる。

「わかんねえ……。わかんねえ……」

パニックに陥る寸前の村越はミリタリージャケットのポケットに突っ込んだ手をゆっくりと出した。その手には爆弾の起爆装置が握られていた。

「きみは〝自分が死んでも誰も悲しまない〟、そう言いましたね。本当にそうでしょうか？」

右京に続けて尊が俯いた村越をジッと見つめて言った。

「なぜぼくたちがこの場所を突き止められたか、わかるよね？」

顔をあげた村越に、次の右京の言葉が優しく刺さった。

「土本君がきみを助けてほしいと言っています」

「友達はきみしかいないそうだよ」

尊の視線が村越のさびしい瞳を射た。

固まった村越にふたりは歩み寄り、尊が起爆装置が握られた片手を摑んだ。同時に右京が村越の肩からバッグを外した。村越は体から一気に力が抜けたように、その場にへたりこんだ。

後方に幾台ものパトカーの赤いランプが光った。


翌朝、西多摩署の取調室では公平と右京が対面して座っていた。

「イジメのきっかけは、両親が離婚して、きみの名字が変わったことですね？」

右京が訊ねる。

公平の脳裏にあの日の光景が鮮やかに蘇った。イジメグループに強請されて、屋上に立たされ新しい名前で自己紹介させられたあの日……。

——鈴木公平改め土本公平です！　新しく生まれ変わったぼくを、よろしくお願いします！

イジメグループは全員で笑い転げ、いたぶりながらヤジを飛ばした。それは拷問に等しい仕打ちだった。

「その頃、村越君の両親も離婚した。ふたりの家庭が壊れたのは基地のせいだ。きみたちはそう思った。基地を爆破するストーリーをきみがノートに書いた」右京が続ける。

村越と過ごした時間は本当に楽しかった。もしかしたら計画は二の次で、公平は村越といられるだけでよかったのかもしれなかった。

「それがどんどん具体的に、現実的になっていった。それを見るのが楽しかった……きみたちは実戦訓練もしようということになった。もし強盗で逮捕された場合、村越君が怪しまれないように、きみだけサークルに入った」

公平はめきめきと自分が強くなって行くのを実感していた。本格的な武闘術は、驚くべき効果をあげた。

「きみがサークルで習ったことを村越君に教えた。しかし学校ではあくまでも、イジメの被害者と加害者を装った。全てはふたりの計画の成功のために……」

学校では宿敵と思われる関係も、放課後だれもいない河原で練習に励むときは無二の親友だった。その二重生活を演じることも、ふたりの楽しみに変わっていったのだった。

「しゃべっちゃった……。ごめん」

連行されてきた村越と久しぶりに対面した公平は、申し訳なさそうにうな垂れた。しばし沈黙していた村越は、顔を上げてボソリと呟いた。

「何が、ごめんだよ」

「ごめん」

もう一度謝った公平と村越は、お互いの目を合わせた。もう言葉はいらなかった。

西多摩署を出て、もう一度フェンスの前を訪れた右京と尊は万感の思いを込めてフェンスの向こうを見ていた。

「よかったですね」尊が呟く。

「ええ」

「計画どおりにいってたら、彼らの人生、終わってましたよ」

フェンスを離れながら尊が言った。

「ええ。しかし、彼らの犯した罪は決して軽いものではありません。それだけに、彼らにはこれから乗り越えなければならないことがたくさんありますねえ」

「ハッ。まだ若いですからね。やり直せますよ、ね？」

尊はつとめて明るく言い切った。

「ええ、そう信じましょう」

歩み去るふたりの頭上をまた、大きな軍用機の影が遮った。

相棒とわたし

腹肉ツヤ子

右京さんが
とてもすてきなので
右京さんとの
結婚生活を
妄想してみました

フライドポテトですか
いいですねえ
好きですよ
お口にあうと
いいのですが
それにしても
食い意地の張った
あなたにしては
実に珍しい
シンプルな
食事ですね
いいジャガイモが
手に入ったので
腕によりを
かけてみました

ぱくり
おや？
かすかに肉の味がするようですねえ
そうですか？油が少し古かったからかしら？
なるほど
おや？

パセリの裏に何か小さな肉片のようなものが
えっ
やだパセリにゴミがついていたのかも
気をつけなきゃ
それにしても
ずいぶん大きな皿を用意したものですねえ
レストランを意識してみました
びしっ
杉下さん！

神戸くん
ゴミ箱に
このようなものが
高級ミート
ばーーーーん!!
……
わたしもひとつ気になることが
シンクの中のフライパン
妙ですよねえ

揚げ物用とは別の
大きいフライパン…何に使ったのでしょうか
警部のおっしゃる通りでした
牛の脂が検出されました
やはりそうでしたかしかしながら
牛肉の痕跡は影も形も
ありませんねえ…

ここから推測
出来る事実は
ただひとつ
…自白。
……つまみ食いして
完食しました…
グラム四千円の
牛でした…
わたしには
右京さんとの
結婚は無理な
ようでした…
髪型変えたとか
気づいて欲しい
とこには気づいて
くんないいんだよ
なー…

相棒 season 8（第１話〜第６話）

STAFF
ゼネラルプロデューサー：松本基弘（テレビ朝日）
プロデューサー：伊東仁（テレビ朝日）、西平敦郎、土田真通（東映）
脚本：輿水泰弘、戸田山雅司、徳永富彦、太田愛、福田健一
監督：和泉聖治、橋本一、東伸児
音楽：池頼広

CAST
杉下右京……………水谷豊
神戸尊……………及川光博
宮部たまき………益戸育江
伊丹憲一…………川原和久
三浦信輔…………大谷亮介
芹沢慶二…………山中崇史
角田六郎……………山西惇
米沢守……………六角精児
中園照生……………小野了
内村完爾…………片桐竜次
小野田公顕………岸部一徳

制作：テレビ朝日・東映

第1話

初回放送日：2009年10月14日

カナリアの娘

STAFF

脚本：輿水泰弘　監督：和泉聖治

GUEST CAST

早瀬茉莉　……………内山理名　高倉俊司…………………鈴木一真

本多篤人　……………古谷一行

第2話

初回放送日：2009年10月21日

さよなら、バードランド

STAFF

脚本：太田愛　監督：和泉聖治

GUEST CAST

青柳和樹　…………大浦龍宇一　黒木芳彦……………………神尾佑

宇野宗一郎　……………増沢望　渡辺政雄…………………吉見一豊

第3話

初回放送日：2009年10月28日

ミス・グリーンの秘密

STAFF

脚本：太田愛　監督：和泉聖治

GUEST CAST

二宮緑　………………草笛光子

第4話　　初回放送日：2009年11月11日

錯覚の殺人

STAFF

脚本：戸田山雅司　監督：橋本一

GUEST CAST

好田究 ………………近藤芳正

第5話　　初回放送日：2009年11月18日

背信の徒花

STAFF

脚本：徳永富彦　監督：橋本一

GUEST CAST

片倉渉 ………………中村繁之

第6話　　初回放送日：2009年11月25日

フェンスの町で

STAFF

脚本：福田健一　監督：東伸児

GUEST CAST

土本公平 ……………森田直幸　村越良明………………阪本奨悟

土本由香里 …………仁藤優子

相棒《あいぼう》 season 8 上
朝日文庫

2011年11月30日　第1刷発行

脚　本　輿水泰弘《こしみずやすひろ》　戸田山雅司《とだやままさし》　徳永富彦《とくながとみひこ》
太田愛《おおたあい》　福田健一《ふくだけんいち》
ノベライズ　碇《いかり》 卯人《うひと》

発行者　市川裕一
発行所　朝日新聞出版
〒104-8011　東京都中央区築地5-3-2
電話　03-5541-8832（編集）
03-5540-7793（販売）
印刷製本　大日本印刷株式会社

定価はカバーに表示してあります

ISBN978-4-02-264635-4

落丁・乱丁の場合は弊社業務部（電話03-5540-7800）へご連絡ください。
送料弊社負担にてお取り替えいたします。